科幻是什么？我认为，所谓科幻就是用放之四海而皆准的科学原理推导出今天可能不会发生，但未来几十年或上百年必然发生的伟大故事——关于爱的故事。并且，科幻还能启发人们无限的想象力，以及创造激情。

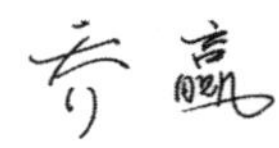

乔赢/ 著

康酷客

木 若婵复活

SPM
南方出版传媒
广东经济出版社
·广州·

图书在版编目（CIP）数据

康酷客（木）：若婵复活 / 乔赢著. —广州：广东经济出版社，2018.1

ISBN 978-7-5454-5827-5

Ⅰ.①康…　Ⅱ.①乔…　Ⅲ.①科学幻想小说—中国—当代　Ⅳ.①I247.5

中国版本图书馆CIP数据核字（2017）第239110号

出 版 人：姚丹林
责任编辑：易　伦　甘雪峰
责任技编：许伟斌
装帧设计：海阔天空

康酷客（木）：若婵复活
KANGKUKE MU RUOCHANFUHUO

出版发行	广东经济出版社（广州市环市东路水荫路11号11~12楼）
经销	全国新华书店
印刷	北京盛兰兄弟印刷装订有限公司（北京市大兴区黄鹅路西临89号）
开本	880毫米×1230毫米　1/32
印张	7.5
字数	143 000
版次	2018年1月第1版
印次	2018年1月第1次
书号	ISBN 978-7-5454-5827-5
定价	39.80元

如发现印装质量问题，影响阅读，请与承印厂联系调换。
广东经济出版社常年法律顾问：何剑桥律师
·版权所有　翻版必究·

推 荐 序
PREFACE

人死能复生?

十年前乔赢对我说："谢兄，您发现了吗，一个国家的创新力首先表现在科幻水平上。"

我对乔赢说："其实，几乎所有的创新都是艺术 + 科学的结果。比如，美国的创新模式，就是好莱坞模式（艺术）+ 硅谷模式（科技）。犹太人是世界上最有创新力的民族，他们培养孩子的创新力也是从艺术、音乐入手的。意大利文艺复兴，就是科学与艺术的完美结合。可以说，没有艺术和科技的结合，就没有欧洲今天的文明。在某种意义上讲，科幻作品的水平就是创造力高低的体现。"

那天，我与乔赢聊得非常愉快。我们深信，未来几十年，中国将有更多的发明创造贡献给人类。我们将进入科技 + 艺术——科幻电影新时代。

我深知乔赢非常喜欢科幻和哲学，就对乔赢说："你写一个科幻剧本吧。"

他非常坚定地说："好！中国智慧是世界上最棒的。未来，我一定创作一部反映中国智慧与未来科技相结合的科幻小说。”

乔赢接着告诉我，他未来的梦想不只是做红高粱速食，而是想成为科幻哲学家！我当时的想法是，中国不缺少快餐店，而非常缺少科幻哲学家。恐怕这个职业更适合他……

十年后的一个早上，乔赢兴致勃勃地跟我说，他清晨静坐时，脑海中出现一个美丽的故事：

热爱人工智能研究的康酷，是毕业于美国斯坦福大学的人工智能博士，同时是在研究人工智能（AI）和智能机器人领域的一位年轻科学家。他人生的理想是让服务机器人（Comcooker）走进千家万户。正在他下了决定准备把思维信息和生殖信息的量子缠绕难题解决后娶恋人若婵为妻时，不幸发生了。

在他的机器人研究室突然发生了爆炸，若婵为了保护康酷，不幸身亡。痛苦万分的康酷为了复活自己的未婚妻，和他的团队一同投入这次“若婵复活”的计划中。康酷深信人的本质是“意识信息”也叫“灵魂信息”，是永远不灭的，肉体是可以更换的。这是信息学第一定律，可以表述为“信息不灭原理”。他坚持若婵灵魂信息还在，只要解决新的人体载体和能量，就一定能让若婵复活！在他的坚持与努力下，最终完成了若婵复活计划。

整个故事有两个非常华彩的片段：

第一，美女“若婵”机体再生的场面。多国科学家合作，在人造子宫（母体纳米箱）中，用4D打印技术，把“若婵机体”最终复活——展示了当代人类科技高超的“硬件”水平。

第二，若婵的灵魂与机体的对接场面。这是用中国的天人合一智慧和新技术，将若婵的灵魂信息召回并植入其机体内。

若婵灵魂的复活展示了中国人的“原创精神”和古老“软智慧”的无限魅力，以及未来的最新科技水平。

科幻故事扣人心弦，充满着正能量，突出了“爱是人类生命的永恒”这一主题。若婵的复活就是东西方文明结合的产物。她给我们的智慧启迪是：只有东西方文明的融合，只有全人类共同合作，人类的未来才会更加美好！人类就是一个命运共同体！

看了这个故事后，我非常激动。我告诉乔赢，这个作品远远超越了他二十年前创造的民族品牌“红高粱快餐”。后来，我把这个故事交给了美国好莱坞著名制片人和导演，他们对之给予高度评价，认为正是好莱坞喜欢的故事，他们对这个故事的定位是：科幻电影中的“泰坦尼克”！好莱坞愿意和我们一起联合将这个故事孵化为科幻大片。

我特别喜欢书中提出的人工智能“二律背反”原理，让人耳目一新，也因此对未来的人工智能充满了向往。乔赢在书中是这样表述的：“人工智能和智能机器人，只有具备大爱、大善的正能量级时，其智能才能超越人类。一旦具有伤害或毁灭人类的意识时，人工智能和智能机器人一定是低能量级，智能就会远远低于人类。它就是被人操控的机器，不可能毁灭人类。”

本书似乎具有一种神秘的魔力，虽涉及大量的最新科学理论和技术，比如，信息技术、新材料技术、人工智能机器人技术、基因技术、大数据技术和、4D 打印技术、量子力学、超弦理论、量子纠缠、意识基因理论、反物质、反能量，以及中国的哲学、易经和佛学等，但阅读起来并没有像其他科幻小说那样有障碍，几乎就是一部科普读物。

我深深被书中扣人心弦、充满超能量的故事吸引，深深爱上了书中的人物，时而为他们牵肠挂肚，时而因他们欢喜大笑。特别是书的二十七章，让人紧张得简直要“灵魂出窍”！

最后，我想说的是，本书的正能量级非常高。阅读中，不仅能体悟到艺术、科学和哲学之美，而且还会升华人的灵魂和三观，进而改变人们的思维方式。

《康酷客（木）：若婵复活》的问世，实现了我和乔赢的“十年之约”，让我得到了极大的安慰。然而，接下来任重而道远，还要完成中、美、欧首次联合拍摄科幻大片的艰巨任务。

望乔赢笔耕不辍，推出科幻系列好作品。

我深信，十九大之后，我们将迎来中国创造新时代！中国创造新时代，需要中国科幻好作品！

欧盟中国经济文化委员会主席 谢建中

目　　录

CONTENTS

〈一〉

001

〈二〉

010

〈三〉

014

〈四〉

022

〈五〉

036

〈六〉

041

〈七〉

054

〈八〉

065

〈九〉 073

〈十〉 077

〈十一〉 080

〈十二〉 089

〈十三〉 093

〈十四〉 102

〈十五〉 106

〈十六〉 116

〈十七〉 128

〈十八〉 146

〈十九〉 152

〈二十〉 162

〈二十一〉 166

〈二十二〉 173

〈二十三〉 180

〈二十四〉 186

〈二十五〉 194

〈二十六〉 210

〈二十七〉 214

〈二十八〉 226

<一>

“JOE，我要让若婵复活！”

康酷在电话里告诉他的合伙人JOE。

“康酷，你不是在说梦话吧？人死怎么能复活？我理解你对若婵的感情，但这是违背科学规律的。”

JOE非常理智地回答。

“相信我JOE！人的本质就是能量和信息。而且，信息一旦产生，是永远不灭的。肉体则是可以更换的。这是符合信息学第一定律的。我研究过了，从理论上，通过人工智能和量子基因技术是可以让若婵复活的。这是一种新挑战！”

康酷回答得非常坚定。

JOE听完康酷的回答，惊讶得半天说不出话来。好一会儿才回过神来，带点颤音说：“我知道你康酷绝不会按常理出牌。不过，要让死去的若婵复活，这实在太不可思议！不管结果怎样，都将是震撼世界的！建议你跟科里克教授报告一下，听听他的意见……”

JOE 放下电话，心情久久不能平静。他一直在回想康酷的这个不可思议的想法和这个与众不同的人。

JOE 和康酷不仅是好朋友，而且都在美国读博士。JOE 是哈佛大学金融专业的高才生。康酷是美国斯坦福大学人工智能和量子基因学的博士。康酷的导师科里克教授是非常著名的人工智能和量子基因科学家。科里克非常欣赏他的这个学生。在科里克眼里，康酷是最有前途的一个学生，他希望康酷能留在他身边，他们一起研究人工智能中世界最尖端的课题：思维信息与生殖信息的“量子缠绕问题”。这个问题一旦得到解决，人可以长生不死。

康酷和 JOE 的友谊几乎是在争吵中发展起来的。他们之间第一次争执的起因就是是否回国创业的问题。JOE 已经决定留在美国华尔街，他也希望康酷能在斯坦福和硅谷创业。康酷的导师科里克也特别希望他能留下来。可是，康酷不顾所有人的反对，非要回国创业，还组建了一个创业团队——康酷客。

后来，JOE 刚好又是康酷创业的 VC 投资人。JOE 并非因为与康酷是同学而投资他，而是因为 JOE 所供职的 KH 资本公司计划要投资康酷客智慧机器人有限公司，因为 JOE 也是中国人，公司让他回国考察这个企业，做尽职调查。

JOE非常认同康酷的创业精神和创业理念，知道他是有梦想和信仰的人。JOE也欣赏康酷创业的“三不做”法则：不是世界难题的不做；不是最颠覆的不做；不是最影响世界的不做。

JOE的投资刚见成效，实验室却爆炸了，所有投资化为乌有。

那是一个阳光灿烂的清晨，若婵陪康酷在实验室加了一夜班，二人疲惫地各自歪在椅子上睡着了。阳光把若婵那张清丽的脸，雕琢得如同一块棱角分明的暖玉，泛着温润的光泽，她不时泛出一丝笑意，似在甜甜的梦中。实验室中心，一个巨大的电子系统案台上，插满了密集的器件，一个“转子”仍然在默默地旋转。在另一侧，一排玻璃器皿与巨大的金属罐通过管径连在一起，气泡和丝丝雾气在玻璃器皿里浮动着。这一切都显得那么安然。然而，一个巨大的噩梦随着墙上的钟表发出的嘀嗒声，正悄然向他们笼罩而来。

“转子”忽然闪出一阵火花，停止了转动，而火焰顺着案台上方的线路，像一条火蛇，迅疾地在案台上四处蜿蜒。

一缕缕烟气从阳光中蒸腾而起，康酷和若婵在熟睡中受到烟呛刺激，在迷蒙中不约而同地一边揉鼻子，一边咳嗽起来。康酷睁开眼，看到工作台上蹿起的火苗，向若婵大呼：“快，着火了！”

“关电源！”康酷边扑打着四处腾起的火苗，边吩咐若婵。然而，随着各种器件发出的爆裂声，从工作台喷溅而出的火焰，很快点燃了周围的物件，火势瞬间爆发，二人很快被笼罩在蔓延的烟雾中。

眼看火势难挡，二人奋不顾身地抢救着实验室里的科研成果。实验室里的大小设备在火浪中开始扭曲变形，并发出吱吱怪叫。随着玻璃器皿发出的爆裂声，那个巨大的金属罐不断地震动着，似乎随时会炸裂开来。

二人各自抱着物件，冲出实验室的门，咳嗽不止。

“哎呀！数据盒呢？”康酷抹着满脸的烟灰，焦灼地看着实验室里飞腾的火光。

“我去拿。”若婵说着返身要冲进实验室。

康酷一把拉住若婵，“不行，你是我的命！你怎么能去！太危险！”康酷不容若婵说话，一头冲进火海。

“你就不是我的命啦？”若婵也奔进了火光中。

突然，随着一声轰隆隆的爆炸声，实验室瞬间塌陷在火海里。康酷昏眩前的一瞬间，只感到若婵滚烫的身体扑到了自己的身上……

当 JOE、思妤等实验室人员赶到现场时，火势已被消防人员控制。但他们得知，康酷、若婵为了抢救科研成果，不顾自身安危冲进实验室，实验室爆炸时，若婵毫不犹豫地扑到康酷身上，他们都被送到了医院。当 JOE 赶到医院时，知道若婵已经去世了，康酷还在昏迷中，不禁悲痛不已。

康酷苏醒后，看到 JOE 和思妤等人都在他身边，他第一句话就问，若婵在哪里？她怎么样啦？ JOE 不忍心告诉他若婵死了，但他实在控制不住自己的眼泪。思妤用喃喃的声音把真情告诉了康酷。

康酷听到若婵去世的噩耗，顿时像泥塑木雕一般，一动不动，脸色苍白，没有任何表情。突然，他的泪水就像闸门挡了半天的洪水，几乎要从他的眼睛里喷涌出来。

他当时痛苦的样子，在 JOE 的脑海里是永远抹不掉的。

这位刚强的硬汉，要用多大的意志力才能抑制住沉痛的眼泪。

思妤看到康酷痛苦的样子，正想说点什么，JOE 给思妤做了一个暗示，让她不要说话。JOE 是男人，他深知“男儿有泪不轻弹，只因未到伤心处”的男人哲学。

他在心里告诉康酷，哭吧！这是你的权力……

思妤是康酷的助理，也是康酷客智慧机器人有限公司的 CTO。她 27 岁就进公司了，是康酷的得力助手。思妤本科读的是清华大学物理系，后到英国帝国理工大学读系统工程硕士，毕业后又到日本早稻田大学读生物信息物理学博士。

在 JOE 眼里，思妤是才貌双全的美女，既多才多艺，又身材火辣。她不仅擅长现代舞，而且还曾获得过全国大学生运动会的游泳冠军。

JOE 对思妤一见钟情。遗憾的是，他在思妤身上花了很多工夫，甚至还使用了获得美人芳心的“十八般武艺”，可思妤就是不中招。很显然，思妤暗恋的是康酷。要不是有若婵的存在，估计思妤会死追康酷了。

世界就是这样变化莫测，如今若婵去世了。多好的若婵，不仅有倾城的美貌和气质，更有倾国的才艺和品质。她毕业于中国音乐学院，出身于古琴世家，精通古琴，而且琴棋书画样样精通。就是这样一位天上难找，地上难寻的大美女却早早地离开了人间。

“难道真的是好人命不长？”JOE 心里在想。

“此时的思妤，会不会跟康酷走得更近了？”

JOE 想到这里，心里就像打翻了五味瓶……

JOE 对康酷实在是“羡慕嫉妒恨”。他多次跟康酷半开玩笑说，是康酷家的祖坟埋得好，使他得到了上天的厚爱，让“四大美女”中的两个都来到了康酷身边。中国古代的四大美女是沉鱼（西施）、落雁（王昭君）、闭月（貂蝉）、羞花（杨玉环）。JOE 把若婵比作当代的“西施”，把思妤比作当代的“王昭君”。

然而，现在的康酷不仅失去了心中的最爱——“西施”若婵，而且研发成果也化为乌有。JOE 心想，他如今做出的非理性决定，从情感上是可以理解的。不过，让死去的人复生是不是太离谱、太科幻、太不理性了？

JOE 越想越觉得不对劲，不能让自己的合伙人、好朋友康酷走到“邪路”上去。

对康酷来说，若婵就是他的另一半生命。若婵的死让他的生命失去了一半的光彩。

他把若婵生前喜欢的茶台、古琴、围棋、服饰和若婵风格的化妆台，一切保持原样，希望把这一刻“冷冻”，让若婵成为永恒……

他常常一个人坐在若婵的古琴旁发呆，思念着若婵生前自弹自唱的“眉间心上”：

镌刻好 每道眉间心上；画间透过思量。
沾染了 墨色淌，千家文 都泛黄。
夜静谧 窗纱微微亮，拂袖起舞于梦中徘徊，
相思蔓上心扉，她眷恋 梨花泪；
静画红妆等谁归，空留伊人徐徐憔悴；
胭脂香味，卷珠帘 是为谁？
不见高轩，夜月明 此时难为情。
叹流水兮 落花伤，谁在烟云处琴声长……

这一切反倒是：“抽刀断水水更流，举杯消愁愁更愁。”

康酷对若婵无限思念，常常一进家门，就看到若婵在对着他微笑，但瞬间又消失得无影无踪。

然而，每一次康酷看到的都是，若婵为他而死的快乐、幸

福的样子……

记得康酷有一次问若婵："爱是什么？"

"悠悠生死为他去，升天入地魂缠绕。"

若婵的回答犹如春天里的和风细雨，滋润着他们爱的花园，散发着沁人心扉的花香。

在康酷的爱情哲学里，爱的终极目标是"天长地久"！

什么是"天长地久"呢？

康酷的答案是："天长地久，天地所以能长且久者，以其不自生，故能长生。"（老子《道德经》）

这是他们共同的爱情逻辑：不为自己而存在，才能长而久之！

若婵为他而死，不仅实践了他们的爱情逻辑，也激发了康酷创造新世界的激情和智慧！

他深深地意识到：人的本质就是"两盘信息"——生存信息和思维信息（灵魂信息）。并且这两盘信息，在量子层面形成了"弦"的缠绕。

通过特殊技术，人不仅可以长生不死，而且也能起死回生。

康酷一不做二不休！为了爱，为了若婵，为了探索更尖端的科学技术，他决定了——让若禅复活！

当然，他的决定，不仅让 JOE 震惊，让思妤震惊，也让全世界震惊！

JOE 知道，康酷一旦做出决定，就像一滴墨水滴到水里，很快就会扩散，无法再恢复到一滴墨水的状态，这就是不可逆定律。

JOE 知道他是改变不了康酷的，只好建议他听听导师科里克教授的意见。

<二>

康酷把“若禅复活计划”给导师科里克教授做了汇报。

科里克教授是斯坦福最著名的教授之一，主要研究量子基因和人工智能。他因发现“量子缠绕”而闻名世界。同时，他又是GTI——全球科学创新委员会的发起人和第一任主席。

这个委员会是由美、中、欧等多国知名大学（比如：美国斯坦福大学、麻省理工学院；英国帝国理工大学、剑桥大学、牛津大学；以色列理工大学；中国清华大学、浙江大学等）的知名科学家组成的。其中，获得诺贝尔奖的科学家就有近百名。

科里克教授怕自己听错了，又重复了一遍问：“你说什么？你要把死去的若婵复活？”

“是的，我已经有了若禅复活的详细计划。”

康酷在视频电话上非常自信地说。

“太令人激动了，我亲爱的康！这是我一生中听到的最具挑战性的课题，非常具有科学价值和想象空间。你让我想起了你们中国的一句俗语——强将手下无弱兵！我为你骄傲！”

科里克无法抑制内心的激动和兴奋。

“你尽快来美国，让 GTI 委员会的所有科学家们讨论一下“若婵复活计划”。这是最具挑战性的计划，只有采用全球最新的尖端技术，多国科学家合作，才能助你梦想成真……”

康酷的“若婵复活计划”之所以让科里克教授如此兴奋，与他的研究方向密切相关。

他认为，人类未来随着人工智能、量子基因和 3D 打印技术的发展，会出现未来学家库兹韦尔在《奇点临近》一书中提出的“奇点问题”。奇迹将在 2045 年发生——人可以长生不死。

但科里克教授不同意关于“人类文明走到终点”的观点。目前关于人工智能的主流观点是：

第一，未来的人工智能将出现一个叫作“奇点人”的新物种。它将代替人，威胁人。

第二，人类根本就没有能力与这种新物种竞争；未来人工智能和机器人将毁灭人类；生物人将不复存在。

GTI 的科学家们向科里克建议建立奇点大学（Singularity University），考虑如何应对“奇点危机”的问题。要知道，这个问题在过去仅仅是属于科幻家们的，而现在，对它的研究已经迫在眉睫。

科学家们要思考：奇点之后的世界将会怎样？人工智能一旦具有自我意识，人们将如何定义“人与智能机器结合产生的新生物体”？如何“用技术解决技术带来的新挑战”？提前做好人类自我保卫战的准备！

而科里克教授则认为，人工智能和机器人永远是人的朋友和助手。他的观点也许会让我们想起乐观派的阿西莫夫“机器人三定律”：

第一，机器人不得伤害人类，或看到人类受到伤害而袖手旁观；

第二，在不违反第一定律的前提下，机器人必须绝对服从人类给予的任何命令；

第三，在不违反第一定律和第二定律的前提下，机器人必须尽力保护自己。

阿西莫夫也曾设想过奇点后的世界——在这个世界里，人工智能和“后人类”同时存在，但人工智能仍然以服从“后人类”的命令为天职——如果人类以一种更加先进的方式统治地球，那么奇点的意义也就自然消解了。

科里克教授进一步论证了阿西莫夫技术奇点悖论，提出了震惊世界的人工智能“二律背反”。

主要有以下三点表述：

第一，人的意识是量子，具有量子纠缠性。意识是测不准的，人工智能机器人与人的智能具有本质的不同。

第二，人工智能机器人的智能发展，高度依赖于能量级的高低。正能量级越高（比如在 300 以上），人工智能或智能机器人的智能就越高。而高于 200 的能量级，就是关怀、慈悲和善的智慧，是人类的朋友和助手。

第三，当给人工智能或智能机器人设计破坏、毁灭和仇恨的指令和信息时，由于这种信息属于“负能量”，这些能量级很低（都在 200 以下），人工智能或智能机器人远低于人类的智能。于是智能机器人还原为“机器”，没有智能。是人在控制机器，而不是机器控制人。

科里克把这一原理叫“人工智能二律背反”（或人工智能悖论）。

最近，科里克教授和他领导的 GTI 全球科学委员会在斯坦福大学刚刚提出了“人工智能 100 年研究计划”，指出了人工智能未来 100 年需要涉及的人类的方方面面，以及如何为人类服务，如何解决人类长生不老的难题，等等。

科里克认为，古老的中华文明能给人类人工智能的发展提供更加具有颠覆性的智慧。

正在这个时候，他最得意的、来自中国的学生康酷提出了“若婵复活计划”，这几乎是颠覆人类科技的命题：它不仅仅是让人长生不死的问题，更是让死去的人重新复活的跨世纪难题……

<三>

康酷按照科里克教授的意见，准时来到了美国 GTI 科学委员会大厦。他把车停到停车场后，走向 GTI 大门。能否走进 GTI 大堂是经过严格筛选的，经过脸谱仪扫描，确认身份后，大门自动打开了。康酷是准 GTI 成员，是有准入资格的。

大堂是灰色基调，走向二楼的楼梯扶手是双曲线形状，就像 DNA 的双螺旋结构。雄伟的大堂有四根颜色不同的大柱子，这些柱子既是大厦坚固的柱石，又暗含着 DNA 的四个碱基：A、G、C、T。

整个屋顶呈现黄金螺旋线，这是一种按照固定比率发散的对数螺旋线。这种螺旋线是根据雅各布·伯努利的黄金曲线（X2+X−1=0）设计的。这是科里克教授最喜欢的神圣比例，也是他喜欢的数学表达式。

大堂中心有两个科学家的雕像：一个是相对论的创始人爱

因斯坦，另一个是量子力学的奠基人普朗克。这两个人物不仅是现代物理学的奠基者，他们的理论也是GTI委员会的两大科学支柱！

爱因斯坦的相对论为我们提供了能够从大尺度认识宇宙，如恒星、星系、星系团，以及宇宙自身的膨胀的理论基础；普朗克的量子力学则让我们更深刻地认识了更小尺度的宇宙，如分子、原子，以及比原子更小的粒子，如电子、质子、中子、夸克。

GTI大厦坐落在大湾区中心，是大湾区标志性的建筑。之所以是大湾区的标志性建筑，不仅仅是因为它独具风格的外观设计，还因为它的地位和作用。

会议在二楼的一个学术厅举行。康酷一进去，科里克教授就向他招手热情示意，他的座位就在科里克教授的旁边。康酷非常礼貌地跟各位专家打招呼，然后来到科里克教授身边，教授站了起来，给予很久没有见面的得意学生一个热情的拥抱。科里克教授用慈祥的眼神从上到下仔细打量着康酷，“嗯！状态不错！这我就放心了！”

科里克教授知道康酷实验室爆炸的情况，还知道他不仅失去了若婵，而且自己也受了伤。教授一直非常担心康酷的身心状态。这次看到康酷还是精神饱满，阳光灿烂的样子，教授打心眼里感到满意。

康酷在科里克教授身边坐下，教授宣布会议开始。

学术厅中间是个圆形会议桌，周围共有49个座位，座无虚席。只有讨论最重要的项目时，才会在这个会议厅进行。JOE作为风险投资家，也列席了论证会。

科里克教授是会议主持人。首先他向大家详细介绍了康酷，以及今天的会议主题。然后，他给康酷一一介绍了在座的参会人员。他们都是GTI委员会顶级的、世界知名的科学家。这些科学家有研究量子基因的，有研究超弦理论的，有研究人工智能的，有研究人脑意识飘逸理论的，还有研究时间虫洞、纳米技术的，以及研究3D打印技术、新材料的，等等。

科里克教授非常喜欢主持这样的会议。他认为，专题论证会应该有一个融洽轻松的会议气氛，要让大家充分发表自己的看法和观点。既然是论证会，难免有争议，有不同的观点。他喜欢中国《论语》中的一句话“君子和而不同”（Harmonization and Difference）。科里克常说，“争论是推动科学创造、创新的基本动力。”

“如果会上只有一个声音，一种思想，意味着一个人就够了，那就没有大家存在的必要。”

科里克教授介绍完参会人员后，康酷开始给大家做“若禅复活计划”的演示报告。

他的“若婵复活计划”主要包括两大步：第一步是若婵机体复活，第二步是若婵灵魂复活。

康酷刚讲完他的计划，科学家们就开始热烈地讨论起来。

“刚才康酷先生的若婵复活计划，思路非常大胆，观点也很新颖；他给我们人工智能和智能机器人的研究提出了新的挑战，也丰富了当代最前沿的量子基因弦理论。他的若婵复活技术可能会颠覆人工智能和机器人技术，虽然难度很大，但具有科学研究的价值。”

“我认为，康酷的若婵复活计划没有更多的新意。若婵是可以复活的，但本质上还是智能机器人。这些技术都已基本成熟，没有什么创新性。”

“我认为，康酷的计划是可行的，若婵的机体可以复活，因为机体就是智能机器人。我们也能够将若婵的全部思维上传到若婵的机体上，并以数字的形式永存于机体中。这也是库兹韦尔的奇点理论。”

“我认为，康酷的整个思路非常好，有创新性。但他的基本前提出问题了，没有可操作性。大家知道，库兹韦尔的人工智能奇点理论有一个基本前提：人活着时把思维信息储存起来，然后再传递到另一个永生的智能机器人或机器大脑里。而现在的问题是，若婵已经死了，她的思维信息没办法储存了。康酷的‘若婵复活计划’是无法实现的，充其量只能实现第一步。”

“我认为，康酷的‘若婵复活计划’第一步就很有新意，他的若婵机体复活，已经超越了我们目前人工智能和智能机器人的思路。他已经在另辟蹊径，采用的是新的技术，新的思路，能让真实的肉身若婵复活，这已经是颠覆性的了。尽管灵魂无法复活，但智商极高的若婵肉身复活也是非常有科学研究价值和经济价值的。”

科学家们的不同观点，让 JOE 好像在坐过山车一样，神经绷得很紧，时而向上飞奔，突然又极速跌落。有时又像掉进大海里，让他屏住呼吸，憋得要死。当他听到后面这个科学家的观点后，像从快要憋死的大海里浮出水面，一下子获得了最需要的氧气!

他似乎已经看到了美若天仙的若婵肉体机器人诞生！这意味着未来将有无法估量的市场需要和经济价值。

会议持续两个半小时了，大家还在热烈的讨论中……

康酷低着头，边听边记，他下意识地瞥了一眼老同学詹姆斯，忽然两人眼神对视了一下，詹姆斯眼神里好像有什么秘密似的很不自然地转向了一边。康酷正想解读老同学眼神中的“秘密”时，却被专家们的提问打断了。

科里克教授一言没发，聚精会神地听着大家的不同观点和康酷跟大家的对话。

科里克教授看了一下时间，论证会结束的时间到了。科里克教授主持会议是非常严格的，时间一到就会停止。还有几个专家正准备发言，科里克教授摆了摆手，示意大家时间已到，停止发言。大家很快安静了下来。

最后，由科里克教授对讨论会的内容做了小结。然后，汇集了大家的观点，也给康酷提出了两个重要的问题：

“根据大家的讨论和我对‘若婵复活计划’的思考，我想提出两个基本问题，请康酷先生考虑：第一，关于‘微能量’的问题。若婵的灵魂基因已经离开了若婵的机体，没有了微能量，你如何解决若婵的灵魂基因与生存基因的量子缠绕问题？换句话说，你怎样解决两种‘弦’的结合？第二，关于‘超弦密码’的问题。两种弦的结合是有密码的，这个超弦密码是多少？如果不解决这两个基本问题，若婵是无法复活的。康酷先生准备如何解决这两个问题呢？有成熟的解决方案吗？”

科里克教授治学态度严谨，这在斯坦福大学是出了名的。大家都知道，他对谁越器重，要求越严格，甚至有时会达到苛刻的程度。但有一点很受大家欢迎——他愿意倾听不同的观点，甚至越奇异的观点，他越喜欢。

也许正是这种风格影响了康酷。当然，也影响了科里克教授的另一个学生詹姆斯。

“尊敬的科里克教授和各位专家，感谢大家对‘若婵复活计划’的关心和建议。今天我受益匪浅。”康酷站起来，给大家深深鞠了一个躬。

“刚才我的导师科里克教授提出的两个基本问题，是我在思考‘若婵复活计划’时，一直在研究的问题。

“回国创业的几年里，我们团队一直研究的课题就是‘灵魂基因与生存基因的量子缠绕’问题。虽然我们的实验室爆炸了，大部分研究成果化为乌有，但我还是抢救出来了一些。关于若婵的复活，我们采用的不仅是新技术和新方法，比如纳米技术、4D 打印技术和量子基因技术，而且我们采用的还是一套全新的逻辑思路和哲学范式。从表面看，‘超弦密码’和‘微能量’

是最难解决的，甚至有些人说，这超越了地球文明，是星外文明的‘技术范式’。但我们也有了解决方案。大家知道，中国的古老智慧给了我们很大的启发，也提供了特有的工具。虽然目前解决‘超弦密码’和‘微能量’的难度很大，不过，我们找到了研究方向和解决方案。技术细节非常复杂，由于时间关系，现在就不在这里详细论述了。”

作为 GTI 核心人物的詹姆斯在会上一言没发，表情十分严肃，像雕刻家的作品。在他脸上，你永远无法看出他内心世界的喜怒哀乐，仿佛他有一个深不可测的灵魂在另一个多维的空间里游荡着……

他和康酷是同学，都是科里克教授最信任的学生。科里克教授希望这两个学生都能留在他的实验室工作。但康酷毕业后执意要回国创业。詹姆斯留在了科里克身边，并作为科里克教授的助手，协助科里克教授成立了 GTI 委员会。

詹姆斯从事着基因工程和宇宙多维空间的研究。

然而，鲜为人知的是：他又是国际邪恶组织“圣殿光明会”的核心领导人。

詹姆斯认为，宇宙从比沙粒还小的尘埃中爆炸出来以后，就是多维的世界。宇宙就像人的一个大脑，是可以控制的。

“圣殿光明会”的目标十分明确——通过人工智能技术打造一批“智能机器傀儡人”，用以颠覆现有人类社会秩序，控制地球，控制宇宙这个大脑。

但是要想实现他们的目标，最大的障碍就是找到灵魂与宇宙之间的“超弦密码”。

而康酷的发言，让詹姆斯高度关注，他一听到康酷对“超弦密码”已经有了研究，并有了解决的可能性，顿时紧张了起来。他立刻拿起手机迅速发出了新的指令：“立刻取消‘KK’计划”。什么是“KK”？就是让康酷死(Kill KANG)。为什么要杀康酷呢？

因为康酷不仅是詹姆斯的克星，也是影响他今后实现目标的敌人。他研发的内容和成果对詹姆斯和“圣殿光明会”非常不利。所以，在他的指使下，导演了康酷客实验室的大爆炸。没想到康酷福大命大，没有死，若婵舍身保护了康酷。

“圣殿光明会”决定这次让康酷死在美国。“圣殿光明会”策划在康酷的车里安装车体炸弹，康酷只要上车一发动，就会引爆，让康酷与汽车同归于尽。这次的计划非常周密，可谓万无一失。

然而，当詹姆斯得知康酷正在研究“超弦密码”，并且有了解决方案时，他马上决定先留着他，待“超弦密码”解决后再“KK”也不迟。

会议结束了，康酷走到大厦的大堂，跟科学家们一一告别。走出大厦后，他急匆匆地向停车的地方走去。

“老板，他马上就到车前了，已经无法停止‘KK’计划。”

<四>

康酷边走边思考着会议上专家们的意见，他心想，多数专家都是否定他的“若婵复活计划”的，明天专家决策委员会上他的计划能通过吗？不过，最让他不解的是，詹姆斯看他的眼神和阴阳怪气的神态。

车门刚打开，他接到了詹姆斯的电话。

“老同学你在哪里？”

“我正准备开车回希尔顿酒店，有事吗？”

“我有要事与你协商。”

“老同学，我刚到美国还要倒时差，今天有些累，换个时间行吗？”

“不行老同学，关于若婵复活的事情。”

“若婵复活的事？好吧，你在哪里？”

“我在办公室 G2702 等你。”

“好的，我马上过去。”

詹姆斯知道，只有若婵的事才能留住他。

康酷关上车门，转身往 GTI 大楼走，边走边琢磨：“詹姆斯这次的确特别怪，怎么突然又关心起若婵的事了？过去，他一直是唱反调的人，今天他要唱什么调呢？……”

根据 GTI 的规定，重大项目都要通过专家决策委员会决定。专家决策委员会共由 27 人组成。康酷的“若婵复活计划”能否作为 GTI 的研发项目，需要专家决策委员会进行表决。

根据 GTI 委员会的规定，决策委员会的决策机制是这样的：

支持方只有多出两票或两票以上者，才算通过。支持方和反对方持平或支持方多出一票者，都不算通过。

只有主席一人有特殊权利。如果支持，一人算两票；如果反对，具有一票否决权。当然，也可以投弃权票。

第二天上午 9 点，27 位决策委员会的专家成员全部到齐，会议准时开始。

科里克教授主持决策会。会议一开始，表决就出现了戏剧性的结果：反对票 12 人，弃权 2 人，支持票 11，科里克投了支持票算两票。目前的局面是支持票与反对票 13∶12。

此时，所有人的目光都聚焦到了詹姆斯身上。因为只剩下他还没有表态：是支持？是反对？还是弃权？

科里克教授一看这个结果，心情一下紧张起来，似乎他的心都提到了嗓子眼，憋得他呼吸困难，一种不祥之感油然而生。他心想，“恐怕康酷这次凶多吉少，‘若婵复活计划’难以通过。”

科里克教授十分了解詹姆斯和康酷的关系。他们的观点经常针锋相对。一个支持，另一个就是反对。平时，科里克教授认为这不是坏事，有利于科学研究。但今天麻烦了，这是表决，而不是研发。

在这关键时刻，詹姆斯会是什么决定呢？如果投支持票，刚好 14∶12，“若婵复活计划”通过；如果投反对票，就是 13∶13，双方持平；即使不反对，他投弃权票，13∶12 只多出一票，计划也无法通过。

詹姆斯知道，他这一票分量很重。如果是过去，没有任何悬念，反对！百分百的反对。而这次，他太需要康酷了，太需要“超—弦—密—码”。

他把康酷约到办公室，就是要留住他，让他去研究“超弦密码”。康酷告诉他，虽没有十分的把握，但为了若婵复活，他必须竭尽全力解决“超弦密码”的难题。

詹姆斯正在为康酷没死而暗自得意呢，听到科里克教授叫他：“詹姆斯，该你投票了！”此刻，喧闹的会场一下子安静下来，所有人的目光顿时都聚到了詹姆斯身上。科里克教授用从来未曾有过的眼神死死地盯着詹姆斯——这个既让他得意又让他有些失望的学生，仿佛在跟他说：“亲爱的詹姆斯，这不是学术讨论，而是表决，请你支持你的导师……”

这时的詹姆斯，似乎看懂了导师科里克从未有过的神情，他稍停顿了一下，然后坚定地投给了康酷关键性的一张支持票。

“若婵复活计划”通过。全场响起掌声……

GTI 决定：无偿支持康酷客研发团队 2000 万美元，组建多国跨界科学家若婵复活课题组。

中、美、欧三地建立不同目的的实验室：

美国实验室主要负责“神经反馈系统”；生物实验室就设在斯坦福大学。

中国实验室主要负责“全息生物 DNA 材料、母体纳米箱和 4D 量子打印”；母体纳米实验室就设在北京怀柔中科院科技中心。

欧洲实验室主要负责骨骼控制系统；实验室设在英国帝国理工大学。

最后，科学家们强调：根据信息学第一定律，信息产生后虽然永远不灭，但信息能量将呈现非线性衰减规律。它会随着时间的流逝而快速衰减，最终会无限接近于零（但永远不会等于零）。临界值为 18 个月。一旦超过 18 个月，信息就无法显现；如果要显现就需要无限大的能量才能将之激活。然而人类迄今为止，还没有“无限大的能量”。

时间已经过去三个来月，仅剩下 15 个月的时间。然而，时间这个约束条件无疑又给康酷和 GTI 的专家们增加了更大的研发难度。

GTI 的结果一出，JOE 也坐不住了。

他是最善于发现前沿好项目的人。这一点在华尔街也是出了名的。比如智能眼镜、无人驾驶汽车等，都是他最早期的猎物。很多人干脆直呼他为“杜高”。

杜高？这可是世界上反应速度最快，嗅觉最灵敏的阿根廷猎犬。

经过 GTI 的论证，JOE 发现，“若婵复活”就是最好的人工智能和智能机器人项目。对投资人而言，好项目就是好机会，好机会往往稍纵即逝。失去一个机会，有时会落后一个时代。比如，诺基亚表面看是错过了一次投资智能手机的机会，实际却是错过了一个智能时代；柯达表面看只是错过了投资数码相机的机会，结果却是错过了一个数码时代。

JOE 告诫自己，未来是“云、物、大、智”的新时代（云计算、物联网、大数据和智能机器人），如果错过人工智能和智能机器人的投资机会，可能就彻底被甩到了时代的后面。投资就是投未来，就要站在未来看今天，透过现象看本质。

JOE 不断告诫自己，必须抓住这个千载难逢的好机会，尽快说服 KH 资本董事会，投资世界上最好的康酷客团队和“若婵复活计划”。

GTI 若婵复活论证会一结束，JOE 就闻到了浓浓的“钱味”。

什么？钱也有味道？对，这就是具有阿根廷猎犬美称的“杜高”的特殊嗅觉。

JOE 的口头禅就是：“闻到钱味了”。

他当天就做了《若婵智能机器人商业计划书》，连夜就通报了公司投资委员会的主要成员。在美国，休息时间是不喜欢被打扰的。但一听是“杜高”的建议，大家都习以为常了。

投资委员会决定第二天上午 10 点专题听取 JOE 的新计划汇报。

清晨，美国的城市好像一个刚苏醒的孩子，处处显现着阳光和朝气。JOE 早早地来到了公司，他刚要进办公室，就看到 FH 总裁走过来，手里拿着文件夹。每天，FH 总裁都是 6 点整第一个到办公室。现在是早上 7 点。FH 总裁已经上班一个小时了，刚出去到车里拿一份文件，回来就碰到了 JOE。

其实，很多大公司的 CEO，都有起早和早上班的习惯。

比如脸书创始人扎克伯格，身价已经达到了 2922 亿元人民币，在工作的时候非常尽职尽责。来得最早，走得最晚，有时还要熬夜到早上 8 点。为了方便工作，他还把家安在了公司附近。

蒂姆·库克从不休年假。库克每天早上 3 点 45 分起床，一直工作到深夜。他每天第一个到达办公室，最后一个离开。每天，苹果的员工都会在清晨，或者说接近黎明时分的 4 点半就收到蒂姆·库克的电子邮件。发完邮件后，库克就会前往健身房进行清晨运动。

埃隆·马斯克，每周工作超过100小时，每天都忙到夜里3点才休息，还要抽空陪5个儿子玩耍，基本每天都处于“战斗状态”。埃隆·马斯克绝对是科技界的传奇人物。31岁成为亿万富豪，还是重新定义电动车的特斯拉、火箭回收成功的SpaceX，以及SolarCity公司的CEO。

李嘉诚，80多岁了，依然每天6点起床。李嘉诚无论每天多晚睡，第二天早晨6点一定会准时起床。随后，听新闻，打一个半小时高尔夫，在8点前到办公室工作。

JOE很礼貌地跟FH总裁打了个招呼：“总裁早安！”

FH总裁一看是JOE，就向他招手，“JOE，正要找你，来我办公室一下。”

JOE三步并成两步走，走到了总裁办公室。

“总裁，您好！”

“请坐。”

JOE等总裁坐下后，就在他办公桌前的椅子上坐下。这是古香古色的欧式办公桌，桌子右侧放着一台最新样式的苹果电脑IMAC；JOE坐下前用余光扫了一眼电脑屏幕，上面是打开着的《若婵复活商业计划书》PPT文件，显然FH总裁一到办公室就关注了这个新计划。

JOE刚一坐下，就被FH总裁背后墙上悬挂的一段话深深吸引：

亲爱的上帝，请赐给我力量，让我改变我能改变的一切！
亲爱的上帝，请赐给我宁静，让我接受我不能改变的一切！
亲爱的上帝，请赐给我智慧，让我把二者区分开来。

JOE 看了这段话，有种肃然起敬的感觉，正想说点什么，FH 总裁问："康酷客团队的工作恢复正常了吗？"

显然是指康酷实验室爆炸的事。

"报告总裁，基本恢复了正常。"

"我知道，这次团队损失很大，不仅研发成果化为乌有，康酷还失去了他的女朋友。中国警方正在对爆炸事件进行调查，需要等待调查结果。不过，这是不可抗力因素导致的，你也不要过于自责。愿上帝保佑康酷，尽快把研发成果迅速恢复起来。"

因为，KH 资本是康酷研发创业团队的 VC 战略投资人。

"这个若婵复活 PPT，是你写的吧？"

"是的，总裁。"

"我粗粗看了一遍，很有市场价值。看来大家叫你'杜高'是名副其实的。"

"总裁大人，您也开我的玩笑呀！"

"好了，你去准备一下吧，我还要再看一遍。今天就看你的表演了。"

JOE听了FH总裁的一番话，非常高兴，走路都增加了几分自信。

然而，他深深知道，这毕竟是关乎5000万美元的投资计划，能否通过，关键还要看投委会的评估。这些都是身经百战的投资高手，决定一个项目是否投资，基本要“过五关、斩六将”。比如，财务关、法律关、团队关、风险关和退出关，等等。没有充分准备，是很难过关的。

虽然FH总裁给JOE反馈的信号是积极的，但不能证明他一定会给项目投赞成票。

JOE希望把握这次机会，在投资界再创一个奇迹！

路演时间到了，会场鸦雀无声，十分安静，所有人的目光都聚焦在“杜高”身上。JOE站在投影仪旁边，一页一页地开始讲解他心中的《若婵复活商业计划书》。

以前，他总是以裁判员的身份，去听创业者讲解商业计划书，由他决定是否投资；而今天由于情况特殊，裁判员变成了运动员，亲自上阵“参战”，来讲解若婵复活的商业计划和伟大的未来，让大家来裁决。这种角色的变化瞬间让他感到有些不自在，刚一开始，还有些不大适应。

《若婵复活商业计划书》的PPT一共九页：

第一页：若婵复活计划是什么？

第二页：市场机会在哪里？

第三页：人工智能和智能机器人的解决方案

第四页：康酷客的独特优势和差异化

第五页：商业模式和盈利点分析

第六页：团队和组织

第七页：风险点分析

第八页：财务分析

第九页：投资与退出机制

JOE 平均 2 分钟讲完一页，讲着讲着，不仅开始适应，而且越讲越投入。他思路清晰，口若悬河，激情饱满，重点突出，大家听得十分认真。他时间掌握得十分精准，讲完 PPT 的最后一页，刚好 20 分钟。

最后，他非常自信地说：

“关于这个项目，我想概括三句话：第一，该项目独一无二，有 GTI 的支持和核心技术；第二，团队有极强的创业创新精神；第三，未来成长空间巨大。谢谢大家！”

路演刚一结束，仿佛一场新的“战斗”拉开了序幕。大家各抒己见，气氛十分热烈。时而带有浓浓的火药味，时而又有阵阵的笑声。此时此刻的 JOE，从容自若，时而语惊四座，赢得大家的掌声，时而又像一个答辩的考生，被考官不时发问。

问：“这么多好项目，你为什么一定要投资这个成功率几乎为零的项目？”

答：“原来我也以为成功率几乎为零。经过研究后，我认为，这是非摩擦模型项目。这种项目有几个显著特点：第一，这种项目极少，千年难遇。第二，独特优势。比如，这个项目有 GTI 科学家团队支持，由美、中、欧科学家联合研发。他们无偿支持 2000 万美元研发经费。第三，将引起世界关注，这是有史以来最有挑战性的项目。”

JOE 正想补充点什么，下面的提问把他给打断了。

问：“请问 JOE，未来人工智能和智能机器人市场有多大？你认为若婵机器人的市场预估是多少？ROI 是多少？未来增长率是多少？”

答：“在回答未来人工智能和智能机器人市场有多大之前，咱们先分析一下我们的对手在干什么。日本人孙正义领导的软银和阿拉伯主权基金，他们刚刚共同成立了规模达 1000 亿美元的愿景基金（Vision Fund）。这个基金的主要投资方向就是人工智能 AI、物联网和智能机器人。最近，麦肯锡和尼尔森提供的报告认为：未来 20 年，人工智能和智能机器人将有近 100 万亿美元的市场。我认为：人类将进入‘核资本新时代’，20 年后，人类因人工智能和智能机器人带来的新财富是现在全球 GDP 的一万倍。《若婵复活》将开启智能机器人和人工智能新时代，将产生巨大的经济价值和影响力。如果我们只占 1% 的市场，就是 1 万亿美元的收入。我测算过，未来 5 年，每年将有 50% 的增长率……”

问：“你能否用最简单的方式，把若婵复活的商业模式表达出来？”

答：“若婵项目的商业模式可以概括为智能情感+共享经济模式。我计划，若婵智能机器人研发成功后，成立若婵SEX共享服务公司，为男性消费者提供情感个性化服务；另外，这件事的社会意义和价值无法估量。”

问：“你能进一步介绍一下他们核心成员的特点和价值观吗？”

答：“我估计在座的大部分人都熟悉CEO康酷了；两年前，我们做了康酷客智慧机器人有限公司的A轮投资。康酷是创始人，CEO。毕业于美国斯坦福大学，人工智能博士，善弹钢琴，是完美主义者。他非常敬业，一生只想做一件事：让智能服务机器人（Comcooker）进入千家万户，为全人类服务……他的另一位主要成员就是康酷客智慧机器人有限公司CTO樊思妤，27岁，毕业于北京大学物理系，获学士学位；后获英国帝国理工大学系统工程硕士学位；最后在日本早稻田大学，获得生物信息物理学博士学位……”

问：“你认为，影响若婵复活项目成功的最大障碍是什么？”

JOE思考了片刻。

答：“根据GTI专家的看法，核心难点还是看能否解决人工智能中思维信息与生殖信息的‘量子缠绕’问题。”

JOE说到这里，又停顿了一下。

“我认为，这是世界难题，谁先解决这个问题，谁就能在人工智能产业独占鳌头。”

问："你拿什么证明，康酷团队能解决这个世界性难题？"

是呀，这是投资家们质问创业者时的"必杀题"。过去JOE也常用这种问题来折腾别人。这次他也遇到了。

JOE是非常机智的投资人，他懂得，世间有很多这样的难题，佛家叫诘问；哲学上叫二律背反；逻辑学叫悖论。那如何应对呢？

JOE不急不慢地说："这个问题提得很好。在我回答您之前，请允许我给大家讲一个佛家诘问的故事。"

"据传，有个国王，不相信佛教的理论，故意非难正在讲佛法的那先比丘。国王问：'你们佛教徒常常讲：人们第一快乐就是证悟涅槃，达到不生不死不灭的境界。那先比丘啊！你已经证悟涅槃了吗？'

"那先比丘谦恭合十：'惭愧，还没有！'

"国王得意地问：'既然没有证验过，那么，你怎么知道有涅槃的境界呢？'"

JOE发现，故事讲到这里，下面非常安静，大家都支着耳朵要往下听。他故意卖个关子，"各位，你们知道怎么回答吗？"

"诸位，像这类问题都叫'诘问'，诘问就是最有智慧的问题，如果你直接回答，就掉到'井里'了，那叫没智慧。"

瞧！JOE这关子卖的，把大家的胃口都吊起来了。

"那先比丘并没直接回答，反问国王：'大王，假如现在有人拿把大刀把您的左手砍断，您痛不痛啊？'

“国王一听脸色就变了，非常不高兴地说：‘当然痛！哪有手砍断了不痛的！’

“那先比丘紧接着追问：‘您的左手又没有被人砍断过，您怎么知道痛呢？’

“国王答：‘我看到过别人被砍断手时的痛苦情状，我当然知道痛啊！’

“那先比丘微笑致意道：‘大王啊，我也同样地看过别人证悟涅槃时候的快乐，所以我当然知道涅槃境界的美妙啊！’”

“故事到这儿我就讲完了。”JOE 微微停顿了一下。

“我的回答是：你拿什么证明康酷不能解决这个世界难题呢？”

JOE 的话音刚落，下面有人就情不自禁地笑出了声音。顷刻间，响起了热烈的掌声。这不仅是大家给项目的掌声，更是给 JOE 机智回答的充分肯定。

JOE 面带笑容，向大家鞠躬示意……

<五>

经过论证和尽职调查，KH 资本最后决定，给“康酷客”研发团队和康酷客智慧机器人有限公司估值为 2 亿美元，KH 资本投资 4000 万美元，占公司 20% 的股份。由 JOE 进入康酷客智慧机器人有限公司董事会。JOE 兴致勃勃地把这一结果告诉了康酷。

显然康酷对 KF 资本的决定是十分满意的。很快双方达成了合作协议。

康酷刚一回国，就马不停蹄地投入到若婵复活计划中。他在怀柔与中科院的专家一起组建了康酷客“若婵复活研发团队”，并开始筹备最具世界挑战性的“母体纳米实验室”。

可能有人会问：康酷的“若婵复活计划”到底有什么创新之处，不仅得到了 GTI 2000 万美元的无偿支持，KF 资本 4000 万美元的投入，而且还得到了中科院、中国基因组的支持？

康酷是人工智能专家，他十分清楚，如果继续沿用目前西方普遍采用的技术把若婵制造出来，比如，头（人工的鼻子、舌头、人工视觉）、人工皮肤、丰富一些表情、躯干、四肢、驱动器、人工肌肉、人工感官传感器，最后再装入人工智能和电源，无论这个思路多么缜密，技术多么尖端，哪怕让机器人变得跟若婵一模一样，甚至智商高于普通人数万倍，但都不能把若婵的灵魂植入，灵魂不能复活，若婵就只能是大多数科学家认为的——没有灵魂的智能机器人。

康酷今天要挑战人类科技的极限，他要重新定义人工智能和智能机器人产业！他要彻底颠覆西方的传统技术和思路。他大胆提出了完全不同的解决方案和中国原创技术：

他的思路是——要把若婵在人造母体里“重新再生”！

他发现“生命的诞生过程”是非常伟大而神奇的！

比如，父亲的精子和母亲的卵子结合后，8个星期内胎儿的所有器官都已全部形成，令人惊讶的是——所有器官的形成过程是同时进行的，一点不错，非常精确！

康酷从生命的诞生过程入手，进行逻辑分析和高度抽象，发现了若婵复活的新思路和新技术，并把“若婵复活计划”与生命诞生过程建立起最高层次的“同构关系”。

康酷认为：母体中的胎儿从“受孕到出生”，就是最具颠覆性的“人工智能”过程。

康酷把母体（子宫）与“纳米箱”同构类比。

他认为，母体（子宫）就是“纳米箱”，这个“纳米箱”供给胎儿的所有物质（羊水），就是全息生物的物质和能量；胎儿的成长过程就是“量子4D打印过程”；父亲和母亲的遗传基因提供的DNA“信息”就是基因指令。

从量子基因的角度看，不管全息生物材料多么重要，都不是问题的关键，最关键的东西是什么呢?

康酷发现，最关键的东西就是DNA“基因信息”，“信息”才是问题的关键；它就是“人体全息结构图纸”，有了它，就有了运行的“指令”。于是，出生的孩子既像父亲，又像母亲。

康酷做了一个大胆的科学假说：

人类可以制造一个“母体纳米箱”（人造子宫）和“4D量子打印机”。

有了“若婵人体全息结构图纸”或者叫DNA“信息指令”，根据若婵全息生物材料，就可以用4D量子打印机，打印出完全一样的若婵。

这个设想是非常大胆的，是具有颠覆性的，将推动人工智能走向新的时代。

正是康酷的这套理论和人工智能新思维震惊了他的导师科里克和GTI的科学家们。

大家想象一下，“若婵复活计划”一旦成功，人类的科技和文明将进入多么了不起的新时代。

康酷领导的“中科院康酷客母体纳米实验室”的工作全面展开了。

康酷客实验室要完成若婵复活最重要的核心工作：“人工子宫”（纳米箱）、通过干细胞技术解决具有若婵DNA基因的全息生物新材料和量子4D打印系统。

除此之外，美国斯坦福生物实验室主要负责“神经反馈系统”；英国的帝国理工大学实验室主要负责骨骼控制系统。

最后，在康酷统一指挥下，要在中科院康酷母体纳米实验室将他心中的女神——若婵，用人工的方法完美无缺地创造出来。

经过整整一年的日夜奋战，终于完成了“全息母体纳米实验室”、4D量子打印系统和若婵DNA基因的全息生物新材料，以及若婵的机体控制系统（四肢）和神经反馈系统。

根据康酷的时间表和路线图，以及GTI若婵复活项目组的安排，若婵复活计划定于明天上午9:18正式启动。

路漫漫其修远兮，吾将上下而求索。

康酷深知：“这是人类历史上前无古人的第一例。为了这一时刻，参与此计划的所有人——GTI、中科院的专家们，以及康酷客团队等，不知奋战了多少个日日夜夜，不知模拟实验了多少次，失败了多少次。工作量之大难以想象，困难程度不亚于人类第一次登月计划……”

此时此刻的康酷内心无比激动，似乎全身的每个细胞都在舞动和欢唱。

参与“若婵复活计划”的多国科学家都会聚到了中国北京。所有参加此项目的人员和康酷客团队都处在高度的紧张状态。

全世界的眼光都聚焦到了这个地方——北京怀柔中科院康酷客“母体纳米实验室”。

<六>

一个人体，大约有50万亿个细胞，有细胞、组织和器官；从头到四肢共有九大系统；如果有纳米级的错误，就很难让机体完美复活。只要有一点微小的错误，若婵可能就是“畸形”的，或影响到以后灵魂的复活。

思妤是纳米盒和4D打印的主要负责人。她带领大家经过无数次实验，已经建立了若婵生命几乎所有方面的大数据和“若婵人体全息结构矩阵”。

康酷非常清楚，思妤分管的部分是非常核心的，他走到思妤旁边，看到思妤正在聚精会神地盯着电脑屏幕，检查着各种符号和数字，康酷没有打扰她。但他发现，思妤好像憔悴了不少。心疼之情油然而生。

“思妤，纳米盒、4D打印，以及全息生物材料数据检查完了吗？”

“全部检查完毕！一切数据正常。”

思妤一看康酷在身后，赶快站了起来。

“不过老板，人体数字模型矩阵里，情商阈值还是最低。”

思妤故意强调这一点，潜台词是：“她还是机器人，没有情商，没有灵魂，我思妤才是你最合适的伴侣……”

其实，康酷怎么会不知道呢？这是最令康酷头痛的。思妤强调这一点，也是非常巧妙地再次“提醒”。

“你好几天没休息了，人都憔悴了不少。明天还要打一天硬仗，今天务必好好休息一下，要养精蓄锐。”康酷带着命令的口吻。

“任务完成后再休息吧。不过老板，你是总指挥，你可要好好休息一下！”

她用含情脉脉的眼神看着康酷，发现康酷又清瘦、又憔悴。她看在眼里，疼在心上，她正想说句贴心的话，可又把话咽了回去。

她这一细微的动作，康酷早就看在眼里，记在心里。

思妤是非常优秀的，不仅与康酷志同道合，而且也是非常棒的创业合伙人。如果世界上没有若婵的存在，他可能会选择她……

康酷十分清楚，若婵已占满了他全部爱的灵魂。其他任何异性的情爱，在他的情感里，都叫“单相思”，不仅无果，而且还会受到伤害。

他深知，思妤对他的暗恋就像在感情单行道上飞奔的列车，康酷无法改变列车的运动状态和方向，列车注定将驶向痛苦的远方……

记得若婵去世后不久，思妤眼看康酷一天天消瘦下去，心里既难过，又着急。她做出了人生中的重大决定：她要充当若婵的角色，与康酷在事业上成为伙伴，在生活上也成为伴侣，一生都与康酷不离不弃。

经过一段时间的内心斗争，思妤终于决定要向康酷表白了。

其实这个世界的万事万物都是有自己的逻辑和规律的。就拿求爱这件事来说吧，从动物界开始，经过数亿年的进化，留下了不变的逻辑：

女人（雌性动物）一般都是被动的一方。换句话说，她需要“半推半就”。什么是半推半就？就是明明喜欢你，也要等你表达，更重要的是，必须制造点“困难”，让你觉得“来之不易”，这就是获得爱、巩固爱和幸福的方法。这也是雌性动物的“美德”。

男人（雄性动物）呢，必须主动进攻，否则，将失去机会。

女人，包括雌性动物，天生就有喜欢被进攻，被占有的情结！

如果男人在爱的女孩面前也来点“半推半就”，那就叫“装逼”，结果只有一个：滚开！

毫无疑问，像思妤这样的精英，当然懂得这个法则。

经过反复的思想斗争，思妤想明白了，什么逻辑不逻辑的，只要是真爱，就去表达……

那是周五的一天下午，她完成了康酷交给的任务，走到康酷办公室门口，鼓足勇气敲了敲门。

“请进。”

康酷坐在办公桌前正在写着什么，看见思妤进来，就把手头的工作停下了。

“思妤，快请坐。”

“不了老板，我把您要的日本最新的全息生物材料全部翻译完了，都在文件夹里。”

“太好了！我马上研究。思妤，最近你太辛苦了，今天是周五，你早点下班吧。”

“辛苦不可怕，就怕受委屈。”

康酷刚要说话，思妤笑着又接过话说，“不过，跟你创业，累死活该，心甘情愿。”

康酷知道，思妤话里有话，刚想解释什么，思妤接着说：

“你下午有空儿吗，老板？”

“有啊！你有什么事吗，思妤？”

“嗯……，我不是有事，而是想让你做个选择题。”

“好呀，思妤博士，什么题？我洗耳恭听。”

“我的题目是：A. 请我喝咖啡？ B. 请我去游泳？”说完，思妤俏皮地看着康酷。

“我选择的是……不是 A，”思妤正想说那是……

“也不是 B。”

思妤一愣。

康酷故意停顿一下，“我选择的是……C。”

“C？ C是什么鬼？”

“游—泳—加—咖—啡。”康酷故意放慢节奏。

“哈哈！”思妤高兴得差点跳起来，“来！康！ Give me five！”

康酷、思妤手贴着手！一股热流涌向思妤的周身，脸突然泛起红晕。

“好吧，去准备一下，我们马上出发。”康酷声音里的温度也提高了几度。

恋爱中的女人是最智慧的，非常懂得如何在她爱的人面前展示什么，回避什么。

思妤十分清楚，爹妈给了自己一个火辣性感的好身材，加上游泳、现代舞又是拿手戏，这些都是自己独一无二的撒手锏。

她父亲从小就培养她学游泳，后来发现，她就是为游泳而生的。如果不是她妈妈反对，父亲就让她进国家队了。

她的妈妈是新疆人，是个舞蹈家，思妤从小耳濡目染，加上妈妈的基因遗传，不仅身材好，舞蹈跳得也很专业。思妤从小就喜欢现代舞，这可能是受一本书的影响——《邓肯传》。这是她12岁生日时妈妈送给她的生日礼物。

邓肯是现代舞蹈的创始人。邓肯认为，人类最美的就是女性的身体，这是上帝创造万物时给女人特有的恩惠。她创立了用“裸体”舞蹈表现人间大美的艺术。她通过骨盆、臀部、胸部、手臂的旋转和人体与帕特农神殿雕塑般的造型，展现女性的阴柔之美和肢体魅力，震撼着世界，影响着人类文明，也影响了思好。俄罗斯著名作家托尔斯泰曾这样评价过邓肯，大意是：“看她的裸体舞让人没有邪恶的意淫想法，反而让人灵魂升华和高尚……”

思好一走上舞台就像另外一个人，轻快跳跃，热情奔放，激情四射，性感热辣，挑人心弦。她在用女性最美的身体表达着艺术智慧。JOE 就是被她的火辣身材和舞蹈才艺迷住的。

她喜欢邓肯的格言：“父母给你的越少，你越有出息。”

思好就把这句话作为自己的座右铭。

后来，她既没有按父亲的意愿选择进国家游泳队，也没有满足妈妈的意愿成为舞蹈家；而是选择了科学，她要做生物界的“居里夫人”。

她为加入康酷客创业团队而自豪……

思好换上了运动休闲装，带着曾获全国大学生游泳冠军时用过的专业游泳工具：鲨鱼皮三合一紧身花纹泳衣，速比涛泳帽，和她喜欢的茶色护目镜，跟康酷一起走出办公大楼。

夕阳的余晖沐浴着大地，人们三三两两地在街道上漫步，微风徐徐拂送来一阵阵花木的幽香，使人心旷神怡。

思好跟康酷漫步在湖边，思好向湖面的远处看去，西下的夕阳映红了整个水面，波光粼粼。她触景生情，两年来对康酷的暗恋相思之苦一下涌上心头。以往有若婵在，所有对康酷的爱都转化为工作的热情，现在若婵不在了，她可以表达啦！

她情不自禁地念道："上有青冥之长天，下有渌水之波澜。"意思是想表达她对康酷的相思像无垠的蓝天，像滔滔的流水一样。她正准备接着往下念……

康酷马上接过去："天长路远魂飞苦，梦魂不到关山难。"

思妤没想到康酷接了后两句，十分惊讶，心想，他是明白我的？

"这是李白的《长相思》，若婵生前非常喜欢这首诗。它表达了相思之情被重重关山的阻隔。"康酷若有所思地边走边说。

思妤这时才意识到，她的情绪又引起了康酷对若婵的思念。后悔不该表达这种情绪，她赶快把话题岔开。

"康，你最喜欢哪种游泳姿势？"

"嗯……我比较喜欢蝶泳。"

"是吗？考你个问题，你知道蝶泳是怎么来的吗？"

"我不知道。真没想过这个问题。怎么来的？"康酷好奇地问。

"你觉得蝶泳姿势像什么？"

"像什么？让我想想。嗯……它像什么？"

"好，一会你看我的蝶泳像什么。"思妤神秘兮兮地对着康酷说。

正说着，已经到了游泳馆。

思妤换好了泳装，她身穿鲨鱼皮紧身泳衣，头戴泳帽，泳镜在前额上方；她隆起的胸脯，并未因泳装的紧身被压得扁平，反而更突出了柔美性感的曲线之美。特别是上翘丰满的臀部更增添了思妤的魅力和诱惑。

眼前的思妤深深地吸引着康酷，正悄悄地增加着他下丘脑的分泌物——催情多巴胺。

事实上，不管男女，脑内分泌多巴胺根本不受理性控制。比如当一对男女一见钟情时，就会源源不断地分泌出多巴胺，于是就有了爱的感觉，幸福的感觉。严重时会发生眩晕的感觉，无法自拔的感觉，为爱死去活来的感觉。芸芸种种，估计都是这个催情物惹的祸。

心理学家发现，男女一起游泳更是激发多巴胺，催发爱欲、性欲的最好方式。

康酷虽然也换好了泳装，但不想下水，只想欣赏他眼前的思妤。

思妤走到游泳池旁边，深吸了一口气，向上一跃跳入水中，瞬间就像美人鱼一样，整个身躯呈现最美的S波浪形摆动，快速游向泳池中央，一会儿就消失在水中，康酷一直盯着水面，当她露出水面时，已经到了泳池的另一端。她一个优美的水下转身就朝康酷游了过来，采用她获得冠军时的游姿——蝶泳，康酷早就看得陶醉了……

“康！”

康酷半天没反应，思妤又叫了一声："康！"

这时他才反应过来，他已经完全被多巴胺催情、催眠了……

"看出来了吗？蝶泳像什么？"

"海——豚？"

思妤满意地看了康酷一眼，一个水上后空翻，用仰泳游姿游走了，她要把最优美的自己展示给她爱的人。

游了一会儿后，思妤上了岸，康酷递给她红白条相间的全棉浴巾，思妤披上浴巾，边擦边向旁边的咖啡桌沙发走去，俨然一个光芒四射的女神，婀娜多姿。

宽大的游泳池，在室内太阳般大灯的照耀下，水波荡漾，清澈透明，连池底的海军蓝瓷砖也显得格外干净明亮。

"这是给你点的咖啡。"康酷说。

思妤端起咖啡杯轻轻抿了一口，对着康酷问："什么咖啡这么好喝？"

"你猜呢？"康酷也想报复一下。

思妤又喝了一小口，停了片刻，"嗯……蓝湖咖啡。"

康酷满意地笑了。他发现，思妤今天简直就像一个"小精灵"，精致、灵动、纯粹、透亮，跟工作时的思妤判若两人。他在静静地体验着只在若婵身上才会有的感觉。

"味道怎样？需要加糖吗？"康酷问。

"不用了。我喜欢喝原味咖啡。"

思妤知道，不管加什么，糖也好，奶也罢，虽风味可变，却永远改变不了咖啡“苦”的味道。

思妤的第六感觉告诉自己，康酷对她的情感可能永远就像咖啡的原味……

“康，你对若婵复活有几分把握？”思妤说完又抿了一口苦涩的咖啡。

康酷也喝了一口咖啡，似乎在细品思妤话中的味道。

“我们已经基本完成了若婵复活的准备工作。我很有信心让若婵复活。”

“不错，你的思路的确具有颠覆性。我的导师对这个计划也评价很高！可他认为，最终还是机—器—人！她只有若婵的机体，但没有感情，没有灵魂。”思妤提高了她说话的声调。

“我的复活计划是两步：机体复活只是第一步，第二步是灵魂复活。”康酷说。

“灵魂复活？天方夜谭！这是世界难题，比登天还难；我咨询了我的导师，他说是不可能的！再说，我们还要投入巨大的研发经费。据说，JOE也非常不赞同你的灵魂复活计划。资金从哪里来，今后如何收回，你想过吗？”

若婵没等康酷解释，继续说：

“当然，我非常理解你，也很支持你！但你是公司的灵魂，你的决定关乎公司命运。你要理性呀！另外，即使若婵复活了，没有灵魂，没有感情，她已经不是过去的若婵了，她是机器人。难道你愿意跟机器人生活一辈子吗？”

思妤的情绪有些激动。

康酷没说话，又喝了一口咖啡。

思妤把咖啡杯放下。

“康，我愿追随你一辈子，若婵有的，我也有；她能给你的，我也能。我愿在生活和事业上跟你永远在一起，不离不弃……”

思妤说得有些激动，略微有些哽咽。

她终于说出了压在内心很久的爱和情。她有种一吐为快的感觉，此时她感觉全身轻松了不少。

她看着康酷，好像有所期许。

此时的康酷，内心非常激动，但也非常复杂。或许他对思妤也有一肚子话想说，想表白。可是能说吗？说什么呢？说些安慰的话？思妤需要安慰吗？说不爱思妤，那不是欺骗自己吗？说爱思妤，那不是欺骗她吗？

所有的话，在康酷嘴里打了好几个弯，他用了很大的力气终于把它们都咽到肚子里了……

康酷深深感悟到，在爱的世界里，最难的不是“得到”，而是“放弃”。

康酷，此时的康酷，该选择什么？

其实，沉默也许是康酷的最好选择。

然而，康酷的沉默却给思妤带来了更大的痛苦。她希望康酷有句话，要么行，要么不行。（being or not being……）

信息学上有个结论：没有信息会导致更大的痛苦和烦躁。

比如等待家人的消息时，不管是好消息还是坏消息，都不是最痛苦的，没有消息时，才是最痛苦、最焦虑的。

信息学把这个状态叫“无序的最大化”。

思妤看着康酷的无奈和沉默，从座椅上站了起来，把浴巾放在椅背上，走到游泳池旁腾空跳入水中，默默地游向了远方……

其实，康酷、思妤和JOE他们之间陷入了“爱情单相思”的痛苦链之中……

JOE喜欢思妤——思妤喜欢康酷——康酷喜欢若婵——而若婵又去世了……

生活中，这种现象非常普遍。以至于引起了科学家们的好奇，他们希望从科学角度揭开其中的奥秘。

经研究发现：男女是否相爱，跟自己的量子基因波函数有关。

这句话大家肯定没看懂。别着急，不懂是对的！

不是因为理论太复杂，而是表达方式太晦涩。

不知道哪位学者曾说过：“什么是教授？教授就是这样一类人，他常常把大家都明白的道理，用大家都听不懂的语言来表达，于是乎，显得自己很有学问。”

其实，最有学问的是：能把复杂的事情说得更简单些，更明白些。

科学家发现：不论男女，每个人都会释放出看不见、摸不着的爱波（I 波）。

“I 波”是什么?

就像公狗与母狗，它们交配的基础是气味的吸引；公狗的气味和母狗的气味相投了，它俩就去交配。这个“气味”就是“I 波”。

根据这个“I 波”函数，科学家推导出两个非常有趣的新结论:

结论一：人在大汗淋漓时最性感，最能诱惑异性!

你知道为什么吗？答案是：气味（I 波）最大……

结论二：“I 波”是有频率的。谁喜欢哪种 I 波，与自己的 DNA 有关。换句话说：“天生一对”是由先天的基因决定的。

比如你喜欢的女孩“I 波频率”是“886”，她释放的刚好是“886”，你就会对她产生好感，进而产生爱情。

如果她喜欢的男孩“I 波频率”是“888”，你自己的“I 波频率”刚好是“888”，祝贺你，中奖啦!

假如你是“668”，对不起，你们就没有这个缘分了，只能是你对她单相思了。

科学家们进一步发现：“I 波频率”是可以改变的。

如何改变？如何才能找到跟你喜欢的异性之间相匹配的“I 波”？恐怕还要读懂康酷给若婵的求爱数学方程式。

<七>

一位科学家说过：爱情，就是男女先天基因的匹配，在一定的时空点上——过去和未来会被连成一缕超弦，让两人注定颤然相对、交互缠绕……

康酷坐在游泳池的沙发上，想着思妤刚才对自己爱的表白，便回忆起当初他与若婵邂逅时的情景……

从北京到深圳的G55高铁列车，如一条长龙，在风中穿行。

康酷坐在一等舱里，一边看着《量子与意识》那本书，一边不时地偷看一眼坐在身边的若婵。在美女泛滥的时代，那一张张锥子似的网红脸满大街俯拾皆是，能让康酷瞟上一眼的女子实在不多。他先是被若婵身上的气味吸引住了。那种气味既陌生又熟悉，既清朗又神秘，像康酷小时候在田野里闻到过的青草糅合着阳光的味道，又像是泻落在一杯法国干邑里的一抹月色，那股长长的尾调悠远而缥缈。

他似乎意识到自己的多巴胺正在一股股地滋生。这是一个什么样的女子？他莫名地感到有种神秘的力量，像是要牵引他靠近一个未知的世界。

康酷有意让自己全神贯注于书中的内容，然而非但没有集中思绪，反而内心更加翻江倒海，思绪万千。他发现，此时的他已经处在意识失控状态，眼神恍惚，半天没看进一个字……

他不时地观察着若婵那张清秀靓丽的面孔，在车窗外阳光的飞闪中，忽明忽暗的光线把她精致的五官雕琢得玉色碧透，在康酷的灵魂里时隐时现，恍如在梦中似曾相识。

若婵本想靠着座位闭目养神，却被旁边的康酷深深吸引。她注意到，在当今金钱至上的浮躁社会里，难得有人能静下心来读书。若婵不仅自己有很好的阅读习惯，不管在飞机上，高铁上，总喜欢手不离书，而且对爱读书的人，一向有几分好感。

她用余光看了一眼旁边的康酷，发现在他帅气和俊俏的五官中，还带点贵气，在他一双深邃的眼睛里，透着些许的孩子气，在若婵的灵魂里，他好像那样的熟悉……

若婵发现，康酷在有意无意地窥视着她，便故意侧过脸转向康酷这边，这一刻，两人的目光碰在了一起，仿佛触电一般，刹那间她怦然心动……便有些慌窘地把视线落在康酷手中的书上。

她一下注意到《量子与意识》的书名，灵光一闪，这不正是自己马上要研究的课题吗？

“不好意思，冒昧地问一句，你是学什么的？”若婵微笑着问。

康酷愣了一下，还以为是在梦中。

“噢……我是学人工智能与量子基因的，毕业于美国斯坦福大学。你呢？”康酷兴奋地跟若婵说。

“我是中国音乐学院的毕业生，学古琴专业的。我的研究方向是‘上古音乐与音乐疗法’。我和我的老师正在研究量子理论与音乐疗法之间的关系。”

康酷顿时眼睛一亮：“这个课题太好了！”他伸出手，“我叫康酷，健康的康，炫酷的酷。”

若婵握了一下康酷的手：“你的名字好棒！一听就有男人味，有时代感。”

“我叫若婵，是婵娟的婵。”

“噢！但愿人长久，千里共婵娟。好名字。”康酷夸赞道。

“谢谢，这是我祖父起的名字。我出自古琴世家，所以……”

康酷抢着说：“怪不得看你像仙女下凡一样，原来是古琴世家，真让人羡慕。我也酷爱音乐，6岁就开始学钢琴了，12岁还获得过少年钢琴比赛第一名呢。”

“第一名！好厉害！那你怎么没走音乐这条路呢？”若婵好奇地问。

“后来我对数学、哲学着迷，就没从事钢琴专业，清华毕业后，到斯坦福大学读人工智能和量子基因，获得了博士学位。”

“太棒啦！我老师最近建议我要研究一下《量子力学》，让我从量子角度去揭示我们中国上古音乐的养生奥秘。我看不懂，正想拜师呢。”若婵一本正经地说。

“拜师？你看我行吗？”

“你是大博士，当然行了！”

“哈哈！我康酷收徒弟可是有条件的。”康酷调侃道。

“什么条件？到深圳请你听我的音乐会符合条件不？”若婵机智地看着康酷。

“这个嘛……我看可以。”

康酷话音刚落，若婵俏皮地说：“师父在上，请接受俺老孙一拜。”

俩人一起笑了起来。康酷看到，若婵笑起来的样子，宛如一簇灿烂的樱花，那副笑容，芬芳四溢，沁人心脾。

康酷这才知道，他们原来是要同往一个目的地——深圳。一个去参加演出，一个去参加论坛。

俩人彼此加了微信。一路上，他们似乎有说不完的话……

“我到美国斯坦福以后，才真正意识到，艺术在科学创造领域是那么重要。我发现，在硅谷，最成功的人士，都有极高的艺术修养。欧洲的文艺复兴运动也是艺术与科学的结合，是艺术家和科学家们一道发起的人类文明进步运动。犹太人教育孩子，必须要有艺术才华……”

若婵沉浸在康酷那充满磁性的声音和博学洞见之中，她恍惚感到有一丝丝缥缈的透明的物质飘进了她的意识里、灵魂里，不断地在相互缠绕；她似乎听到了来自遥远的古琴和钢琴的和谐之声，正在深澈的心底荡漾，顺着这美妙的旋律，能寻觅到自己的人生方向。甚至，她感觉到有一种无形的力量在牵引着自己，走入一个向往已久的神奇的地方。

“比如，乔布斯，被苹果公司赶出门后，到了好莱坞，又创立了皮克斯动漫影视公司，后来正是因为他在好莱坞的经历，才真正成就了乔布斯。”

“这么说，没有好莱坞也就没有乔布斯了？”若婵插话说。

“你说得对！事实上，在美国的创新模式里，好莱坞对硅谷的影响是巨大的。我注意到了，当今美国的创新动力来自好莱坞模式＋硅谷模式＋华尔街模式，这是个金三角结构。”

“听师父一席话，胜读十年书。若婵以往只听说过好莱坞美丽的爱情故事，不知道好莱坞有这么大的作用，影响着硅谷和科技创新！”

“好莱坞的美丽爱情故事？” 康酷好奇地问。

“师父想听吗？”

“非常想听！”

康酷已经为眼前神韵美丽的若婵所吸引。

“故事发生在100年前，一个51岁的商人叫威尔·考克斯，他因妻子去世而悲伤，决定去西部旅行。在火车上，他偶遇了芳龄 21 岁的美女黛依达。两人聊了一路，黛依达让考克斯从悲伤中解脱了出来。”

若婵讲到这里，喝了一口依恋牌矿泉水，望着窗外，美丽的景色飞速掠过，她好像沉浸在思考中……

“后来呢？”康酷的问话一下子让若婵反应过来。

“噢！后来两人一见钟情，他们一起来到了长满无花果树的地方。黛依达一眼看上了这个地方，提出要在这里定居。考克斯二话没说，掏出 300 美元当即买下这块面积足有 100 多亩的土地。两人很快结为连理。”

“故事非常感人。不过无花果树怎么叫好莱坞 –HollyWood？——那是冬青树的意思。”康酷不解地问。

“由于黛依达特别喜欢自己家乡的冬青树，就把这片无花果树林硬叫‘好莱坞’（HollyWood）。”若婵继续讲着。

“噢，故事太有意思了。也就是说，从此，这个地方就成了人们造梦的工厂。”康酷会意地说。

“对！后来美国最著名的六大影业公司都在这里崛起：索尼影业（Sony/Columbia）(包括米高梅（MGM/UA）)，福克斯（20th Century Fox）、迪士尼（Disney/Buena Vista）、华纳兄弟（Warner Bros.）、派拉蒙（Paramount）、环球（Universal）等。我去美国演出时，专门去体验了一下环球（Universal）影城，非常震撼。”

“看来，这里一开始就有了浪漫和爱的基因。”康酷显然是一语双关。

一路上，若婵为康酷的博学而着迷，康酷则为若婵的灵秀和美丽所吸引。

他们彼此发现：两人就像考克斯遇上了黛依达，像是上天赐给了对方另一半，他们都心照不宣……

最让康酷难忘的是，他们从深圳回北京后的一天晚上，夜色格外迷人。明镜般的月亮悬挂在天空，月光静静地洒在地上，整个大地像笼罩着一层薄薄的银纱，越发显得朦胧而神秘。

康酷坐在钢琴旁，“若婵，我已经学会了你家传的乐曲伴奏。我们合奏一曲？”

“什么？你读懂了我们家传的曲谱，还能伴奏？”若婵十分惊讶。那是非常困难的古琴特殊记谱法。

“好的，我们合作一下！”

若婵走到古琴旁坐下来，轻轻抚摸着琴身，深吸了一口气，手指开始在琴上波动，神秘而美妙的旋律犹如夏夜湖面上的一阵清风，引人入胜。

康酷的钢琴伴奏声像清泉的流水，两种旋律的同频振动回荡在天地之间，激荡着两个人的灵魂——相互缠绕着、沉醉着。

这是古琴与钢琴之间奇妙的缘分。若婵情不自禁地念道：

一曲空山悬皓月，半池碧水载净莲。
遥闻琴瑟曲奏鸣，静湖芬芳寻超玄。

康酷、若婵已经陶醉在爱的智慧中……

顷刻间，康酷深深地感受到，他对若婵的情与爱，犹如蓝天、大海、疏星、皓月，任何语言都无法表达宇宙间的这第一等大爱，他只能用他心中独特的方式来表白……

他情不自禁地拿起纸和笔，一口气写下了人间最伟大的爱情诗！

“亲！把这个给你！”康酷的心激动地颤抖着。

若婵每每演奏完他们传家的超玄琴谱，心情都不平静，而今天与康酷，她心中最爱的人，一起合奏，更是激动万分。自高铁上与康酷一见钟情，她知道，康酷一定会向她求爱的。她期待着这一刻的到来。

难道康酷就要向她表白不成？

若婵兴奋得心几乎就要跳出来。她小心翼翼地把纸条接了过来。然而，映入她眼帘的是密密麻麻的符号。若婵以为自己看花了眼，又闭了一下眼睛，睁开眼凝神再看，仿佛瞬间掉进了神奇的迷宫，灼热的情感顿时蜷缩成一个弯弯的问号。

$$\int_{cp1} \omega F(qz,\overline{qz}) = \sum_{m,\overline{m}=0}^{\infty} \oint_{|z|<\varepsilon^{-1}} w_{z\bar{z}} z^{m} \overline{z}^{\overline{m}} dz d\overline{z} \cdot \frac{q^{m}\overline{q}^{\overline{m}}}{m!\overline{m}!} \partial_{z}^{m} \partial_{\bar{z}}^{\overline{m}} F \,|_{z=0}$$

$$+ q\overline{q} \sum_{m,\overline{m}=0}^{\infty} \frac{q^{m}\overline{q}^{\overline{m}}}{m!\overline{m}!} \partial_{w}^{m} \partial_{\bar{w}}^{\overline{m}} \omega_{w\bar{w}} \,|_{w=0} \cdot \oint_{|w|<q-1_{\varepsilon}-1} F \omega^{m} \varpi^{\overline{m}} d\omega d\overline{w}$$

“康，这是什么？”若婵不解地问。

“这是我的爱！”康酷话音刚落，就情不自禁地拉住了若婵的手。

“哈哈！康！你的爱是宇宙间最抽象、最扑朔迷离的！”

若婵带着诙谐的口吻，含情脉脉地紧紧拉着康酷的手。

“你不知道，女人天生都是不讲‘理’（数理）的吗？”

若婵故意逗着康酷。

“若婵，这是世界上最伟大的爱情方程式，它代表我要跟你说的一切……”

“代表一切？”若婵听到康酷如此认真的样子，赶快又认真地看了一下公式，心想，难道这个量子专家在里面藏着什么爱的秘密？

“你品出什么味道了吗？”康酷微笑着问。

“味道？数学公式还有味道？”若婵俏皮地说。

“对呀若婵！数学是有味道的。”

其实，对若婵来说，什么味道并不重要，重要的是康酷已经向她求爱了。若婵心灵深处已经尝到甜蜜蜜的味道了……

康酷又向若婵靠近了一点，指着这个公式：

“数学的本质不是计算，而是表达。比如这个公式分左右两部分，那么美，那么对称，这是我对你爱的抒情诗。”

“爱的抒情诗？爱情也能用数学来表达？”若婵惊讶地问。

“对！这个公式左边代表的就是‘爱’。”康酷耐心地解释着。

“那右边呢？”若婵迫不及待地问。

“你注意观察，右边又由两部分组成。”康酷接着说，“右边的第一个部分代表着灵魂基因，第二个部分代表着生存基因。”

康酷越说越投入。

“用我的专业语言来解释，意思是：如果两个量子基因相互纠缠，就产生了爱。”

“再具体一点讲，爱情分为三个层次：性爱、情爱和灵爱。性爱是互相的需要；情爱是互相的依赖；而灵爱不仅是互相的给予，而且是两个灵魂的高度融合和相互缠绕。”

若婵已经喜欢上这个伟大的“爱情方程式”了，尽管一点也没看懂……

但她深信，他们俩的爱犹如宇宙方程式中的两个相互缠绕的灵魂，已经无法分离……

后来康酷才明白：原来女人天生不讲“理”（数理），只讲情！所以，世界上很少有女数学家，女哲学家，这个领域让女人走开；相反，在艺术领域，女人则独占鳌头。

有一次，康酷跟JOE交流恋爱经验时，把恋爱中的女人高度概括为两个“永不嫌多”：一是永不嫌你送花多；二是永不嫌你赞美多。

不过，要问怎么赞美更合适的话——JOE会悄悄告诉你独家秘籍：

“当别人都觉得你的赞美肉麻得要起‘鸡皮疙瘩’时，你追求的她听着是最舒服的时候！”

康酷与若婵，从高铁上的偶遇，到一见钟情，从两人擦出爱的火花，到后来演变成了永恒的火！

这团“火”，无论过去、现在、还是未来，一直燃烧着，并转化为巨大的宇宙能量，似乎要粉碎一切前进中的障碍……

康酷明白：让若婵复活，让人起死回生，比登天还难。失败恐怕是大概率事件。

但对康酷来讲，无论结局如何，都不会放弃让若婵复活的梦想！

这一天终于来到了……

<八>

这是一个绚丽多姿的早晨，晨曦徐徐拉开了帷幕。康酷知道，今天新的若婵就要诞生了。他激动的内心无法平静。

他推开窗户，深秋的晨风微微吹来，略带一丝寒意，遥望着远方的山谷和林田，万物在晨风和阳光的爱抚下，苏醒了，好像全都对康酷微笑着。

新的一天，仿佛就是一个新的生命，将从东方降临人间……

思妤坐在计算机前，揉了揉眼睛，又是一个不眠之夜。她伸了伸懒腰，深情地望着康酷的背影，深知康酷也是一夜未眠。她知道，康酷现在内心正在打一场拿破仑式的“滑铁卢之战”。

思妤的理智告诉自己，这场战争一开始就知道结果——以失败而告终。

因为，她知道从“DNA 数字矩阵”到“母体纳米盒”，到“量子 4D 打印”，再到“全息生物材料”的全过程里，包含着宇宙的密码，生命的真相。这就相当于人造一个“母体子宫”和“羊水”，让十月怀胎的生命压缩到十几个小时，并且人一诞生就是 24 岁的美女（若婵去世时 24 岁）。这是人类 300 年后才可能解决的难题，而今天就要解决了，她不敢再想下去了。

她突然意识到，她这种推理的理性外表下，是否包含着更多的其他因素，比如“嫉妒”——对若婵的嫉妒。

思妤发现，在爱情世界里，女人的爱与嫉妒就像上坡与下坡的路一样是同一条，与受教育的程度无关。它来自弗洛伊德式的本能……

若婵在世时，她经常暗自与她较劲，与她比较：

她是古琴高手，我是游泳高手；

她擅长民族舞，我精通现代舞；

她貌若天仙，我身材火辣；

她中国音乐学院毕业，我北大物理系高才生，英国剑桥大学系统工程硕士，日本早稻田大学生物物理学博士……

“若婵复活计划”马上就要开始了，思妤在嫉妒的同时，也有十足的自信：“哼！即使若婵复活了，还不是‘机器人’？没有灵魂、没有情商、不懂爱情。根本不是我思妤的竞争对手。”

想到这，她默默告诉自己：“康酷！我不会放弃你的……”

9:00—9:01—9:02……时间老人今天怎么这么四平八稳？

在康酷焦急的心里，第一次验证了爱因斯坦的“时慢效应”。

康酷最喜欢的科学家是爱因斯坦和马克斯·普朗克。一个是相对论的创始人，另一个是量子力学的创始人。他 12 岁时就被爱因斯坦的相对论和普朗克的量子力学吸引。更让他感觉好奇的是：这两个伟大的理论都对，然而，它们的观点又是相互矛盾的。这一直是他“少年维特的烦恼”。

不管怎样，爱因斯坦的相对时空观，让他对这个世界和宇宙更加好奇。

时间的每一秒钟就像巨大的“时钟摆”，敲打着康酷快要跳出来的心。

所有人的关注点都是这个母体纳米实验室以及量子 4D 打印系统。这是投资 1 亿多美元（近 10 亿元人民币）的人造子宫；连接各个细微环节的操作系统是微软提供的 MR—HololensX（人工智能操作系统）。

JOE 的确是融资高手，金融框架师。其实，金融不是什么高深的理论，它的灵魂是顶层设计和操作路径设计。为了该项目的成功融资，JOE 不仅说服了 KF 资本出资 4000 万美元，他又说服中科院也出资 4000 万美元，作为双 GP，共同创建了 GTI 双创母基金。国家双创委员会又出 8000 万美元做劣后，国内几家知名银行又拿出 1 亿美元做优先资本。这个基金共管理 3 亿美元。

9:18，时间一到，康酷下达了执行命令。

所有人员都在认真地操作着，各个部门精心地配合着……

时间指针指向 11:18 分时（2 个小时后）。

骨骼运动系统部报告："骨骼运动系统打印完毕！所有指标准确无误，完全可以执行运动功能！"

时间指针指向 12:18 分时（3 个小时后）。

生殖系统部报告："生殖系统打印完毕，一切功能正常。"

时间指针指向 14:18 分时（5 个小时后）。

循环系统部报告："循环系统打印完毕，一切功能正常。"

时间指针指向 16:18 分时（7 个小时后）。

感觉器官部报告："感受器和附属器正常，整个系统打印完毕。"

时间指针指向 20:18 分时（11 个小时后）。

神经系统部报告："中枢神经系统正常！器官调控系统打印完毕。"

这是最重要的系统，由思好领导的部门负责。思好观察着每个参数的执行，发出了报告指令。

当康酷看到若婵美丽酮体的那一刹那，他激动的心仿佛一下子跳到了嗓子眼，情不自禁流出了幸福的热泪，内心波涛汹涌。

时间一到，他似乎用尽了全身的力气，发出最后的指令："若婵下线！"全场掌声响起……所有工作人员的脸上，都流露出幸福快乐的笑意。

经过 11 个小时，若婵在母体纳米实验室里已经获得新生。

此时此刻，若婵那诱人的裸体，白皙无瑕，犹如出水的芙蓉，清新可爱、楚楚动人，给人一种深远的意境。她的美好像有巨大的引力要让整个宇宙发生弯曲，仿佛要再次验证爱因斯坦广义相对论放之四海而皆准的哲理。

她像一首抒情诗，全身充溢着纯情和优雅。她有一双碧水淋漓的眼睛，有清秀靓丽的面孔。丰满的乳房，犹如两个对称的山丘高高耸着，用数学的语言描述叫“恒等对称操作”。臀部明显隆起上翘，臀部下面弯入的曲线，呈现柔软的波状形。修长的玉腿，笔直圆润；整个体型苗条挺拔。圆圆的肚脐、柔滑的腹部，雪嫩的肌肤，丰盈而富于性感。均衡浑圆之中好像完全充满了女性荷尔蒙，释放出特有的诱惑“I 波”……

根据尤瓦尔·赫拉利《人类简史》中的描述，上帝在造人时并没有让女人的裸体充满着诱惑。这完全是长期发展进化的过程中，根据另一半的需要和意识量子的纠缠导致的结果。

令人惊讶的是：若婵打印成功的时间共11个小时，刚好呈现：2、3、5、7、11，这是数学中的质数。什么是质数？在数字世界里，有很多神奇的数，质数（素数）就是只能被1和自身除尽的数。更令人惊讶的是：所有的星外文明的数字几乎都是质数。

宇宙中有很多神奇的数字。比如e、π等，它们不仅只是一个特别的数，小数点后面的部分无穷无尽，犹如一条永远没有尽头的路，而且代表着很深的含义：e是指数增长常数；π是圆周率。这些数字一闯入世界，就与质数一样，披着神秘的外衣。

$$e=\lim_{n\to\infty}\left(1+\frac{1}{n}\right)^{n} \qquad e^{i\pi}+1=0$$

在若婵妙曼的机体里，好像每个细部都是按宇宙神奇和美妙的黄金比例、斐波纳契数列雕刻而成。

斐波纳契数列是一个神奇伟大的数列：1、1、2、3、5、8、13、21、34、55、89、144……，这些数被称为“斐波那契数”。它们不仅存在于若婵美丽的酮体里，也几乎体现在一切美的领域，如建筑、绘画、音乐等领域。

它们的特点是：除前两个数值中的 1 之外，每个数都是它前面两个数之和。3 是 2+1；5 是 3+2；8 是 5+3……

斐波那契数列与黄金分割有着神奇的关系，相邻两个斐波那契数的比值是随序号的增加而逐渐趋于黄金分割比的。比如 144 是 55+89；144/89=0.618；数学表达为 f(n)/f(n−1) → 0.618。

犹如欧洲文艺复兴时期的艺术哲学家帕奇奥里的《神圣比例》一书中所说：“一切美的东西都必须服从黄金分割律。”（黄金分割比例 =0.618∶1）

比如：就人体结构的整体而言，肚脐是黄金分割点，脐以上与脐以下的比值是 0.618∶1。

其实，女人征服男人是一个字——“美”！这个美分“三美”：外貌美、形体美、灵魂美！而形体美对男人的影响几乎占 60%（黄金分割点）。

若婵的美已经充满了康酷所有的精神世界。

男人征服女人也是一个字:“力”!这个力也可以分解为“三力”:体力、智力和财力。至于这“三力”对女人的影响,因女人不同而各异。对一般女人而言,男人的财力几乎占 90%;而对若婵这样的女人,男人的智力却占 90%。康酷是若婵心中的完美男神。

若婵复活了。作为人工智能的若婵,外表看,与原来的若婵完全一样。但有两个明显的区别:一是智商几乎高于以前近万倍。二是情商极低,就像 5 岁左右的孩子。

虽然若婵是一个没有“灵魂和情商”的智能机器人,但她已经具有强大的吸引力。这种吸引力似乎正在改变着人类对未来人工智能和智能机器人的全新看法。

GTI 的科里克教授认为,因为若婵机体的复活,人类要给智能机器人重新定义;他给若婵起了一个新的名字——“新智人若婵”。

全球都在为若婵的成功复活而欢呼雀跃——中国、美国、欧盟等地的科学家都高度评价这项伟大的工程。大家共同认为:这是人类智慧的又一次大飞跃。

然而,在康酷心中却有着无限的痛苦和惆怅……

她只有若婵完美无缺的“形”,而没有若婵风情万种的“意”。她跟康酷之间的情感似乎存在着巨大的鸿沟。

康酷认为,没有灵魂的若婵,犹如行尸走肉。

康酷对自己发誓说："再难，也要把若婵的灵魂找回来，让若禅的灵魂真正复活！"

然而，世界上有很多事情，说着容易，做起来非常艰难。

一晃 15 个月过去了，离若婵的灵魂复活只剩下三个来月，几乎所有 GTI 的专家们都认为，"三个月内让若婵的灵魂复活简直是天方夜谭，比登天还难……"

< 九 >

JOE 认为，“若婵”不仅是世界上第一个最完美的智慧机器人，而且还是最有商业价值的品牌。他计划迅速成立若婵性服务智能机器人科技公司，他认为，公司未来将有巨大的市场盈利和资本增值空间。

“JOE，若婵性服务智能机器人公司估值多少钱？”华尔街的投资高手 Roer 问。

“我们估值 1000 亿美元。”JOE 说。

Roer 吓了一跳：“1000 亿美元？”

“对！”JOE 非常坚定地回答。

“我们预估未来三年大约有 100 亿美元的利润，市盈率 30 倍合理吧，那么市值就是 3000 亿美元。我给你估值 1000 亿美元，只是未来市值的 1/3。绝对不高！”

接着 JOE 又补充了一句：

“我可以考虑以 200 亿美元的价格给你出让 20% 的原始股份。”JOE 在欲擒故纵。

JOE 接着说：“当然，如果你认为不合理，我不勉强，后面还有几家要跟我们合作呢。不过，他们可没有你那么幸运，我要给他们远高于给你的价格。”

“好的，可以成交。”显然，Roer 已经迫不及待了。

这就是资本的游戏。JOE 当初给康酷客估值 2 亿美元，投资了 4000 万美元占 20% 的股份。仅一年的时间，市值高达 1000 亿美元，增长了 500 倍。KH 资本的价值已经达到了 200 亿美元。

“康酷，你如果听我的意见，你的身价就是 1000 亿美元。”

JOE 与康酷之间又在激烈讨论。

“JOE，若婵是我的爱人，我要让她的灵魂复活。你知道，灵魂问题是人工智能的世界性难题，一旦解决，对人类的价值是无法估量的。我不会因为 1000 亿美元，而让若婵变成性服务机器人。”

康酷非常肯定地说。

“哈哈！她不是你的若婵，她是若婵机器人。灵魂复活，天方夜谭。我是投资人，我要用资本说话，我不是慈……”

“不要说了！”

康酷打断了 JOE，并且非常气愤地挂断了电话。

JOE 与康酷再次发生了分歧。这次分歧让双方都觉得对方不可理喻！

JOE 决定，无论如何也不会再投资康酷的“灵魂复活计划”。

什么是“资本主义”？有“资本”就有“主意”（主义）。

JOE 和康酷的矛盾也引起了 GTI 科里克教授和詹姆斯的关注。

科里克教授也反对 JOE 把若婵当作智能性服务机器人，来进行市场化运作的想法。在科里克心里，若婵已经不是一般的人工智能和智能机器人，她完全是人类的一个新物种，是人类智慧上升近万倍的新物种，所以科里克教授暂时将她命名为“新智人”。她是人的助手和人类智慧的升华。

科里克教授和康酷都认为：人类的未来，很可能出现三种人：生物人、新智人和机器人。

第一类：生物人。就是现在的人们。有生老病死，有喜怒哀乐，有七情六欲；有大智慧，有无限的想象力和创造力。随着科技的进步，未来生物人可能将进入无病时代、冻龄时代、无龄时代。生物人的寿命基本都是 300 岁左右。

所谓长生不死，不是生物人的事，而是可以升级为第二类人：新智人。

第二类：新智人。就是像若婵这样的人，与人完全一样，但智商高于生物人近万倍。科里克教授认为，如果这次康酷能把若婵的灵魂复活，新智人的定义就更加完善了。这类人不仅是人类最好的助手，而且还是人类的升级和未来发展的方向。他们不吃、不喝、不睡；智商和情商都比生物人高（至少比人类的智商高万倍左右）；他们具有最高尚的灵魂和慈悲心。他们是替现代生物人管理社会和机器人的最好助手。

第三类：智能机器人。这类人不仅能让生物人从体力劳动中解放出来，而且还能让生物人从脑力劳动中解放出来。

第三类人，由新智人来制造和管理。

科里克和康酷把这种想法从哲学上概括为“人类三理论”。

这时的詹姆斯，也坚决反对JOE的想法，然而，他却另有一个不可告人的“大计划”……

<十>

若婵智能机器人诞生后，由康酷管理，她不仅是康酷的好助手，而且跟从前的若婵一样，与康酷生活在一起。

这是康酷失去若婵 15 个月后两人生活在一起的第一个浪漫的早晨。

暖暖的阳光穿过卧室的落地窗打在若婵生前最喜欢的全棉平纹橙色被单上，若婵机器人把熟睡的康酷从睡梦中轻轻唤醒。康酷已经很久没有睡得如此香甜了，他懒洋洋地睁开眼睛，看到床前的若婵，丰满的胸部，性感的嘴唇，非常安静地看着自己，康酷忽然想起过去他曾与若婵浪漫的早晨。

康酷、若婵赤裸着身体，在橙色的大床上缠绵着，互相挠着对方，康酷紧紧地把若禅柔美的裸体抱在怀里，贴在自己的胸膛前。若婵充满荷尔蒙的高高隆起的性感乳房深深刺激着康酷，康酷大量地分泌了多巴胺。

他们深深亲吻着，爱的激情和幸福让清晨房间的每个角落、每个空气粒子都异常活跃起来，并充满着幸福和浪漫的气息。

一般来讲，男人早上肾上腺更加发达，男性荷尔蒙分泌阈值最高。

这时的康酷周身已经被多巴胺神秘物质控制，他充满着无限的激情和男人特有的力量。他突然把眼前的新智人若婵紧紧地搂到怀里，情不自禁地吻了起来。

新智人若婵瞬间做出回应："亲！你心跳加快，心率超过120，正常人是80，你有生理功能性疾病的前兆，不过，你属于青春性骚动引起，属于功能性病变，而不是器质性病变……"

康酷一下子清醒过来：这是新智人若婵，她是智能机器人，他的吻恰好给新智人若婵提供了检测他健康大数据的机会。

刚刚还像一团激情万丈的烈火的康酷，如同一下子跌到了深深的冰窟里。这种失望感，对男人来讲，只能意会，不可言传……

他再次意识到——此若婵非彼若婵也。

康酷从床上下来，直接走进了洗手间。然而，让他眼前一亮的是，原来杂乱无序、卫生不洁的状况不见了，卫生间又恢复了若婵生前的样子。

自从若婵去世后，康酷就无心打扫卫生间，里面脏乱不堪。

而现在：梳妆镜、洗漱台、洗手盆，清洁明亮，无一点水迹。坐便器、马桶盖、内凹槽，锃光发亮，无一点污渍。天花板、墙面上、地面上，干干净净，无一点灰尘。

眼前这一切，让康酷瞬间从刚才寒冷的冰窟里升了上来，内心稍许恢复了平静。他对着镜子仔细地看着自己……他仿佛在内心深处跟自己对话：生活就像一面镜子，你如何对待它，它就会如何回馈你。

这是若婵罹难后，他第一次认认真真地站在镜子面前，他发现，自己憔悴、消瘦了许多。但他告诫自己：为了爱，为了若婵，他要保持最好的人生状态，去迎接阳光灿烂的未来。

他突然对着镜子大声说："亲爱的若婵，无论你现在的灵魂在哪里，不管在宇宙的哪个时空，我康酷一定把你找回来，让你彻底复活。"

康酷洗漱后，穿上白衬衣，坐在餐桌前。他又惊奇地看到：桌子上全是若婵生前给他常做的好吃的早餐：法式面包、黄油果酱、单面煎蛋，香菜豆腐丝和五谷豆浆，等等。

用过早餐后，康酷换上若婵早为他准备好的、整洁的西装和他过去经常打的涡纹旋花图案的领带。

康酷边穿西装边想：奇怪？她怎么完全知道我衣食住行的生活习惯？

<十一>

新智人若婵学习力极强，她是不吃、不喝、不睡的新物种。康酷睡觉时，若婵就在学习和准备着。她成了康酷的好助手……

由于JOE跟康酷发生了严重的意见分歧，他很想找一个合适的人来说服康酷。这是本世纪最大的一笔交易，仅仅一年时间，投资增长500倍。很多投资人一辈子都想找到这样一个好项目，哪怕是三年100倍，就是世界奇迹，更何况一年就是500倍的项目!

找谁合适呢?找科里克教授?不行，他是最支持康酷计划的。

JOE想到了詹姆斯。他既是GTI的二号人物，科里克教授的得力助手，又是康酷的同学。并且JOE认为，詹姆斯是GTI委员会里最有商业头脑的人。如果跟他建立统一战线，先改变科里克教授，再改变康酷，最后就可以一起完成资本套现计划。

最近詹姆斯刚好又在中国，时机实在太好了……

可是JOE又一想，詹姆斯这个人平时总是阴阳怪气的，是有名的不与人交往的沉默寡言的人。“沉默是金”用在他身上再恰当不过了。他平日由于不说不笑，面部表情刻板，GTI的科学家们都戏称他是“雕刻家”。自己能约上这个“雕刻家”吗？

这时他的手机铃响了，打断了他的思考。

“我是詹姆斯，你在哪里？我想找你谈点事。”

“好的，什么时候？”JOE心中暗喜，这真是说曹操，曹操到。

“你在哪里？” 詹姆斯接着问，好像很着急的样子。

“我在中国A饭店的二楼咖啡厅，何时见面？”

“如果方便，我这就过去，大约需要一小时左右。”詹姆斯说。

“好的，来吧！”

JOE放下电话，觉得这个世界太奇怪了，他正害怕约不上呢，詹姆斯却要约他见面。

其实，生活中很多人也有这种体验：当你想起一个很久没有联系的人时，那人却神使鬼差地主动跟你联系了。

JOE坐在中国A饭店的二楼咖啡厅等着这个不速之客。为什么说“不速之客”呢？因为，詹姆斯与JOE以前从来没有单独约见过。

平时两人见面只是打个招呼，今天他却主动邀约JOE见面。

JOE一边思考着詹姆斯的来意，一边想着康酷客公司最近的事情。

自从若婵去世后，思妤一刻都没有放弃向康酷示爱的机会。这是让 JOE 内心最不爽的。

他发现，在很多问题上，思妤故意跟他唱反调。他说东，她就说西。然而，在反对康酷的“若婵灵魂复活计划”上，他俩意见却高度一致。让 JOE 更沮丧的是：他俩在这个问题上观点越一致，两人的情感世界距离越远……

JOE 深知，如果若婵灵魂不能复活，思妤与康酷的爱情概率就大；自己追求思妤的成功率就小。

如果他俩的观点不一致，自己追求思妤的成功率就会高出许多！

难道要支持康酷的“若婵灵魂复活计划”？这不行，投资不能感情用事。灵魂复活——不可能！投资风险无限大。

这事不能干，可是思妤……

JOE 正在用他的金融思维做着价值分析和判断。

这时詹姆斯来到了咖啡厅。

这是詹姆斯比较熟悉的地方，他以往来中国总爱住到中国 A 饭店。这次是中科院安排他的行程，所以就没有以往那么自由。

詹姆斯直接上了二楼的咖啡厅，这是一座典雅复古的咖啡厅。他一走进咖啡厅，就看到 JOE 坐在靠近窗户的位置上。

“JOE！”詹姆斯朝他热情地打着招呼。

JOE 看见詹姆斯，马上站了起来。

“您好詹姆斯，好久不见了，别来无恙？”

“一切都很好！”

JOE 握着詹姆斯的手，两人坐下来。

“喝点什么？”

“谢谢！跟你一样吧。”

JOE 又给詹姆斯点了一杯美式热咖啡。

可能是背景音乐的缘故，詹姆斯又向 JOE 坐的位置靠近了一点，好像有什么秘密要说。JOE 等着詹姆斯开口。

人与人沟通是有学问的，谁后说话谁就占据了主动，善于倾听的一方，往往掌握的信息量最大。本来 JOE 要找詹姆斯“密谋”，现在，JOE 却成了主动的一方。

“你与康酷的合作还好吧？”

詹姆斯不疼不痒地问了一句。

“还好。”

JOE 心想，詹姆斯是不是知道自己跟康酷有了分歧？

“你投资康酷的‘若婵复活计划’是很成功的，在华尔街影响很大。你下一步有何打算？”

JOE 一听，就知道他是为康酷客公司的事情来的。

“好吧，您不是外人，我就开门见山地说了。”

JOE 又喝了一口咖啡。

“我想成立若婵性机器人服务公司，然后复制更多的若婵，进行市场化运作，迅速在华尔街套现，能获得 500 倍的收益。我已经做好了计划书。不过，这个计划与康酷产生了很大的分歧，他执意要若婵的灵魂复活。我正想听听GTI对这件事的看法呢。”

JOE很委婉地说了自己的想法，他在试探詹姆斯。

“你觉得康酷的‘若婵灵魂复活计划’怎么样？”

詹姆斯没有正面回答，反问JOE。

“我个人以为，这个项目太离奇，几乎没有成功的可能性。我……”

“不能投！要放弃！对吧？”詹姆斯把话接过来。

“那您的意见呢，詹姆斯先生？”

詹姆斯喝了一口咖啡，很自信地说：

“从资本角度看，灵魂复活这种项目是不能投资的。把若婵智能机器人市场化、资本化是明智的。”

詹姆斯可能怕JOE听不清，又向他靠近了一点，接着说：

“从科学角度看，这个项目的未来价值不可估量。我知道，这个计划要比若婵机体复活难度不知大了多少倍，甚至超出人类的文明和智慧。但是，你知道吗，JOE，在你们古老的中国，曾经有非常神奇的‘招魂技术’。”

“招魂技术？”JOE第一次听到招魂术的概念，十分惊讶！

“对，‘招－魂－技－术’。”詹姆斯又加重了口气。

JOE顿时对地道的老外詹姆斯更加肃然起敬！他竟然对古代中国的文化、科技这么有研究！

詹姆斯接着说：“科里克教授和我都希望你继续支持康酷的‘若婵灵魂复活计划’。”

詹姆斯用期待的眼神看着JOE。接着说：

“从量子基因的角度看，招魂技术的关键就是‘超弦密码’问题。谁能找到‘超弦密码’，谁就能解决招魂问题。这个问题一旦得到解决，人工智能将有重大突破。希望你这个‘杜高’来摘取世界人工智能皇冠上的明珠！”

听到这儿，JOE有些动心。JOE沉默了一下说：

“这还要跟投委会商量，需要投委会表决。”

“No! No! 我亲爱的JOE，不需要你们投资公司出一分钱，我来提供你全部的研发经费。不过，有一点，你必须保密，不要对外透露任何消息。一定要帮助康酷找到‘超弦密码’。我们俩做个交易，你如果帮我弄到‘超弦密码’，我会奖励你10亿美元。”

詹姆斯说完，用微笑的眼神看着JOE，这是JOE认识詹姆斯以来第一次看见他的笑容。

JOE知道，人的笑有很多种，比如大笑、微笑、嘲笑、苦笑、奸笑、淫笑，等等。不过詹姆斯的这个笑，他不知道是哪一种。

然而，JOE的直觉告诉他，詹姆斯的笑里好像有无法解读的东西……

詹姆斯深信，资本是摧毁一切万里长城的重炮！

对JOE来说，资本才是最有力量的武器。

“怎么样？成交吧？”詹姆斯很自信地看着JOE。

两人握手成交……

对 JOE 而言，这是天上掉馅饼的完美计划：既成全了康酷和若婵，又增加了自己获得思好的大概率；既解决了人的灵魂复活，解决了人类长生不死的问题，又有可能获得 10 亿美元。

关键是自己还没有投资风险。

想到这里，JOE 兴奋得无以言表，仿佛他瞬间变成了一只快乐飞翔的小鸟，飞过田野，飞到了心爱的思好身旁，看到思好正含情脉脉地看着他，用她柔美的手抚摸着他，JOE 顿时心花怒放。

对男人来说，古有“三喜”：金榜题名时，他乡遇故知，洞房花烛夜。今有“两忙”：“忙着赚钱”（黄金），“忙着上床”（美女）。

从古至今，男人的快乐，从“三喜”到“两忙”，虽有变化，但本质相同，都跟打了鸡血一样。

打了鸡血什么样？据说打了鸡血的男人，精神亢奋、面色红润、性欲旺盛。

此时的 JOE 就像打了鸡血一样，内心兴奋，无法安静……

JOE 最崇拜的偶像就是他的导师，是个犹太人。

让他惊讶的是，仅占世界人口 0.2% 的犹太人，却占有世界财富的 36%；世界顶级的金融家几乎都是犹太人。华尔街的金融精英中有半数是犹太裔人，比如“股神”巴菲特，“金融大鳄”

索罗斯，高盛、雷曼兄弟、GOOGLE、英特尔等公司的创建人都是犹太裔人。

美国前总统罗斯福曾感叹：“影响美国经济的只有200多家企业，而操纵这些企业的只是六七个犹太人。”

在所有犹太人中，罗斯柴尔德家族是最富有的。在19世纪的欧洲，罗斯柴尔德几乎成了金钱和财富的代名词。这个家族建立的金融帝国影响了整个欧洲，乃至整个世界历史的发展。他们有一个家族情报网，分布在全世界，没有媒体敢报道。

另外，犹太人中获得诺贝尔奖的精英巨匠占全球的27%。像马克斯、爱因斯坦、量子力学的开创者波尔和波恩，“控制论之父”维纳、世界电影艺术大师爱森斯坦等都是犹太人。

JOE十分清楚，犹太人之所以这么成功，与他们的教育是分不开的。其中《塔木德》是最为流行的一本书。他也把此书作为自己的枕边书。

他记得犹太人对生意有一个重要的处理原则——今日事，今日毕。比如，你们为生意争吵了，哪怕对方把你当作仇人，但为了生意，犹太人会马上对你热情款待，友好合作，迅速把争吵的事情抛到九霄云外。

JOE是温州人。有人戏称温州人就是中国的“犹太人”。

JOE本人不这么认为。犹太人不仅仅只是凭志向的坚韧取得了成功，他们更是靠智慧。智慧才是犹太人获得成功的真正奥秘。

他认为，温州人除了证明自己会做生意外，文化科学方面乏善可陈。

但他希望自己是个例外，他不仅想证明自己具有犹太人的商人素质，而且他还要追求知识、科学和智慧。

他并不满足于拿了美国哈佛大学金融学的博士学位，并且留在美国华尔街成为KF资本的合伙人，他的人生梦想是——成为世界上最会投资的中国人。

JOE知道，前几天他跟好朋友康酷的争论，导致了两人不欢而散。但JOE又一想，用犹太人的态度看，那算什么问题！

他告诉自己："今日争吵，今日就毕！走，找康酷去……"

<十二>

康酷知道，若婵的灵魂复活计划到了最危急的时刻。

他心想：“灵魂信息，一旦超过 18 个月，就很难召回。而现在剩下还不到三个月了。不仅时间紧，更麻烦的是，大家几乎异口同声——不可能……”

JOE 是反对的，还与他发生了严重分歧。

思妤是反对的，他拒绝了她的求爱后，她的情绪受到了更大的影响。

GTI 除了科里克、詹姆斯以外，几乎所有的科学家也都反对。

这一切对康酷来讲，还不是最糟糕的，最糟糕的是：他自己还没有找到解决问题的方法。

他懂得，在科学研究的道路上，发现或找到某种方法，比发现一个事实更重要。

目前的他，犹如在伸手不见五指、墨一样的大海中航行，看不到方向。如果执意前行，可能就会像“泰坦尼克号”一样，撞上冰山，严重时，甚至人船两亡。

GTI 的专家们建议，在没有方向时，怎么走都可能是错，最好的选择就是停止或放弃。

然而，在康酷的词典里没有“放弃”一词。永不放弃在康酷这里，不仅是格言，也是性格，更像是基因里的东西，已经融入到了他的每个细胞。

记得 10 岁那年，自己去看一场音乐会。某著名钢琴家的独奏令他着迷，他决定去拜他为师，经过连续几天的努力，老师终于答应听他弹弹。那时康酷已经学弹钢琴三年了，老师听了一半就让他停了，说基础已经坏了，开始路就错了，意思是跟错老师了，音乐上叫“范儿”不对。康酷非常倔强，执意要拜师，由于他的执着精神，老师勉强答应，三个月内清零学习，这叫“百日筑基”。如果符合条件就收这个学生，结果一个月就让老师大跌眼镜。为此，康酷每天训练八到十个小时，晚上怕影响别人，就加上弱音器，有时竟然不知不觉就练到天亮了。

他从小不仅酷爱音乐，还对数学和哲学有浓厚的兴趣。他 13 岁那年，已经深深地为费马定理、哥德尔不完备定律所吸引。

他接触了许多伟大的头脑：毕达哥拉斯、柏拉图、康德、莱布尼兹；伽利略、牛顿、爱因斯坦、普朗克；歌德、海涅、莎士比亚……

他把音乐、数学和哲学作为同样的东西对待。钢琴练累了，就去读数学和哲学。他常思考一个问题：为什么世界上数学家往往又都是哲学家？比如毕达哥拉斯、笛卡尔、莱布尼兹、罗素，等等。

在康酷的世界里，哲学—数学—音乐之间好像存在一条看不见的“金带”，后来，他甚至认为，在量子层次上它们就是同一样东西——“弦”。

自从若婵离开他以后，他在思念若婵或遇到困难时，总会坐在他与若婵最喜欢的茶台前，透过窗户，仰望浩瀚的天空，进入哲学遐想……

他与若婵总爱讨论程朱理学和王阳明心学：吾心即宇宙，宇宙即吾心。思考及此，他与若婵用不同的语言达到惊人的一致观点——心外无物！

康酷认为：一切世俗之事都是趋于无限小的量子状态。无论大到恒星、星系，以及星系团，还是小到原子、电子，以及夸克，最终都是同一的“弦能量”——量子虚空态。

而若婵相信，一个人有时像宇宙里的尘埃，有时又像大海中的冰块，原以为自己是与别的冰块或尘埃不同的个体，而佛的智慧是：色即空，空即色，万物一体——“虚空”。

现在的康酷，如何找到解决这个世界上最大难题的方法呢？

爱因斯坦的一句话让康酷灵光一现：

“想象力比知识更重要，知识是有限的，而想象力可以概括宇宙中的一切。想象力是推动科学进步的源泉。”

是呀，不管谁反对，都是用有限的知识去否定无限的想象力。

其实，人类对自身的认知，可能还不到5%，还有95%以上的未知领域需要去探索。

在康酷的想象里，“灵魂基因”与“生存基因”是要发生缠绕的。生存基因作为量子状态，不管灵魂基因这个量子状态离它多远，理论上都是可以相互缠绕的，这是量子纠缠现象。

问题是，如何让若婵的灵魂基因与生存基因发生纠缠，从而复活呢？

有道是：山重水复疑无路，柳暗花明又一村。

新智人若婵帮助康酷找到了一线希望。在她提供的数万条信息里，有一个重要的发现使康酷的计划发生了重大转机。

<十三>

新智人若婵一边照顾着康酷的日常生活，一边帮助康酷做大量的计算和搜集工作。在康酷无路可走时，他想起了新智人若婵。她虽没有情商和灵魂，但智商过人，何不让她协助自己找到让若婵灵魂复活的方法?

康酷让若婵帮助查阅古今中外有关“灵魂”关键词的大量资料。这些资料浩如烟海，别说让康酷来研究，光读完估计就需要康酷花费一千年的时间。

康酷刚走进办公室，新智人若婵就说：“康，你交给我的任务全部完成。”

“噢，啊！？全部？那是我要读一千年的内容。”

“对！总共870亿个汉字，相当于10万部《红楼梦》的字数，一个汉字两个字节（B），共1740亿个字节（B）。”新智人若婵精准地回答。

“不可思议！”康酷用十分惊讶的眼光看着这个特殊人种。

“你需要什么，尽管问我。我随时回答你。”新智人若婵说。

“好！你先告诉我，关于灵魂的本质，都有什么观点？”

“关于灵魂的本质是非常复杂的，不过，我概括起来，主要有三种学说：

“第一，唯物论的灵魂观点：灵魂就是意识，是人们对物质世界的反映，是由物质决定的。

“第二，是宗教的观点：灵魂是独立的，超越物质的，是不死的。

“第三，是量子理论最新的解释，把灵魂看作是量子状态，是一种微能量。”

“那就重点谈谈量子理论对灵魂的研究吧。”

康酷心想，这正是自己主要研究的课题，也是解决若婵灵魂复活的核心内容。

新智人：“目前科学界出现了两个主要矛盾，你知道吧？”

康酷：“你是指爱因斯坦的广义相对论与普朗克的量子力学之间的矛盾吗？

新智人：“对！”

康酷：“这个矛盾我不仅知道，十几岁我就关注了，而且一直困惑着我。”

新智人：“这个矛盾的确很让人烦恼，他们各自的观点都是对的，但他们之间却水火不相容。”

康酷："那第二个主要矛盾是什么呢？"

新智人："第二个主要矛盾是关于量子力学内部的波粒二象性问题。比如粒状的量子不遵循牛顿力学，波状的量子不遵循波函数。这让研究量子科学的物理学家们也是一头雾水。"

康酷心里"咯噔"一下，这个高智商的若婵，的确学习力太强大了。

新智人："康，你知道，这两个矛盾是如何解决的吗？"

康酷刚研究过这个问题，知道是弦理论解决了这两个矛盾，但他没有直接回答。他一来想看看她掌握的知识，二来也想知道是否又有新的理论。

康酷故意反问新智人若婵："是什么理论解决了这两个矛盾？"

新智人："呵呵！是弦理论统一了宏观的宇宙与微观的矛盾。科学家们认为，弦是组成宇宙的最基本单元。由于最基础的弦的振动、卷曲，和谐地奏响了宇宙的美妙旋律。有的科学家把弦理论称为是终极理论（T.O.E）。"

康酷此时打内心里佩服人类的伟大智慧，是人类自己创造出了竟然比自己智商高近万倍的新智人若婵。如果再把若婵的灵魂植入其机体复活以后，不知她还将为人类创造什么样的奇迹。想到这里，康酷无比激动。他接着问：

"假如弦理论是正确的，灵魂与弦的关系将呈现什么样的规律？"

新智人："现在量子科学已经触及到了灵魂世界，认为灵魂就是量子态，弦就是灵魂。"

听到这里，康酷故意抓了一个漏洞，想难为一下新智人若婵。

"按这个观点，岂不成了宇宙是由灵魂组成的，不就是唯心论了吗？"

新智人："21世纪已经不是单纯地讨论唯物论和唯心论的时代了。人类需要重新反思过去的哲学观点。不管是唯物论还是唯心论，都需要与时俱进。"

康酷听了新智人若婵的回答，彻底被征服了。他认为，未来的新智人将是人类最好的助手。

他接着问："你能谈谈灵魂的主要特点吗？"

新智人："因为灵魂就是弦，就是量子，所以，量子的特点就是灵魂的特性。比如'量子纠缠''量子叠加''量子吸引''量子干扰'等特性。"

新智人若婵接着补充道："科学界目前对'量子'的定义存在偏差，量子不是传统物理学上的最小单位，而是一个客观上不可分割的独立的弦。有数量、没大小；有能量、没质量；有空间、没时间；有远近、没距离；有形态、没形状。"

康酷听了新智人若婵的这段话，很受启发。灵魂有空间、没时间；有远近、没距离。这对他研究若婵灵魂复活是很有启发的。

他们俩越聊越深入，康酷决定问新若婵一个他一直想问又不敢问的问题。他怕若婵研究的这么多资料里没有这个内容。这可是一个像康酷的救命稻草一样的问题。

“你研究的资料里，有没有关于让死去的人灵魂复活的内容？”

新智人若婵停顿了片刻，康酷的心“咯噔”一下，像一下子提到了嗓子眼里一样，屏住了呼吸。

新智人若婵：“有，不过，这方面的资料相对比较少。”

康酷一听“有”，一下子心回到了原处。

“你快讲给我听。”康酷急切地想知道答案。

新智人：“最早是古埃及人的观点，认为灵魂有九种：从最物质的到最抽象的。这些灵魂分布在身体的不同部位。第一个是史前生命阿库（aakhu），位于血液里。第二个是阿布（ab），位于心脏，也是智慧、知识和理解的根据地。第三个是身魂巴（ba），巴则是永恒不变的知识。第四个是护卫灵卡（ka），是人在镜子中看到的影像；灵魂卡是难以捉摸的双体，也就是传说中的幽灵（doppel-ganger）。第五个叫凯布特（khaibut），是肉体的影子；因此即使在阳光下，也是黑色或昏暗的。第六个是克哈特（khat），是活着的肉体借以在死后复活成肉的物质。第七个是赛赫姆（sekhem），代表人的生机，与中国‘气’的观念类似。是精神的人形，是人的生机的肉体表现。等于人具有的重生的能力，如在死亡或再生之际，它主要的功用便是再生的力量和能量。第八个称瑞恩（ren），代表秘密或灵魂，代表名字。有句名言："凡可被命名者皆存在。"第九个是萨胡（sahu），象征心智与精神力量的统一，是临终时从物质的肉体中跳离出来的精神体，在其中，自然肉体的心智和精神的属性可以有机地结合，并有了新的力量。把这九种概括一下，核心观点就是：灵魂不死，可以再生。"

新智人若婵接着说："另外，我国的西藏对灵魂复活问题也有很深的研究和认知，特别是关于活佛转世的制度。"

她接着说："所谓'佛的化身'，是指那些学佛修行有成就的人，能够根据自己的意愿，在死后投胎转生为另一个肉体，重返人间，继续普度众生。这种人是凤毛麟角，少之又少。活佛转世的理论依据。佛教教义中有'佛有三身'说；灵魂不灭说。'三世'是指过去、现在和未来，都有一位最高的佛为主宰；一切生灵都在六道轮回之中，循环往复，无始无终，犹如车轮之旋转，佛的化身也不例外，但佛经过轮回仍然是佛。"

新若婵说完上述一番话后，特别强调了一句：

"活佛转世是佛修行的结果。我在资料里还发现了一个信息，在北宋时期，就有了'招魂技术'，能将死去的人灵魂复活，恢复神智、起死回生。"

康酷听到这里，就像掉进漆黑的大海里正无望地不知道向何方去的人，突然看到了海岸上的灯塔，看到了希望。

他兴奋地问："有详细一点的北宋招魂的技术资料吗？"

新智人若婵："没有，只知道，会招魂技术的是北宋的一位哲学家、易学家，叫邵雍（1011—1077），字尧夫，谥号康节，自号安乐先生、伊川翁，后人称百源先生。精通易经、大六壬、星相学等。著有《梅花易数》《铁板神数》等。”

“太好了！谢谢你若婵！”

康酷激动地拿起电话，“JOE，我要见你！”

“好呀，你在哪？”JOE 问。他刚才还正琢磨着见康酷怎么打破僵局呢，结果康酷却给他打电话了。

“我在办公室。”康酷说。

“你等着我！”JOE 说。

康酷刚放下电话，就有人敲门，“请进！”

门一开，康酷就愣住了，“你是坐火箭来的？这么快！”

JOE 一进屋，好像闻到办公室里有一种特殊的甜味，JOE 用杜高式的鼻子“嗤嗤”吸了两下，环视了整个房间，看到新智人若婵坐在里间的办公室，“嗯，你这房间有什么味道，真好闻。”显然一语双关。

“看来你不仅比兔子跑得快，嗅觉比杜高还灵。”康酷看到 JOE 过来，满面春风的样子，也很开心，边开玩笑，边站起来，指着沙发，“快坐老同学。思妤今天给我送点我爱吃的五香牛肉干，就让你给发现了。喝点什么？”

“不喝了。先谈正事，晚上我请你喝两杯，顺便分享一下思妤送的五香牛肉干。”JOE 开始进入了正题。

“好的。你说吧 JOE，看你这样子，一定有什么好事。”

康酷太了解 JOE 了。

“你先说吧，你打电话找我要谈什么事？”

“你还不了解吗？”康酷觉得 JOE 还在装糊涂。

“灵—魂—复—活！”JOE 跟着康酷异口同声地说出了这四个字。

两人说完，都为彼此的默契而开心地笑了。

“JOE，我找到若婵灵魂复活的线索了。”康酷兴奋地说。

“什么线索？”JOE 问。

“招魂技术。”

“噢，詹姆斯已经给你说了？”JOE 疑惑地问。

“你说什么？詹姆斯说什么啦？”康酷非常好奇地问。

“招魂技术呀。”JOE 说。

“他也知道招魂技术？”康酷急切地问。

“他让我支持你，说中国古老的智慧里，有招魂技术，还说你康酷有弄到的可能性。”

“还说什么了？”康酷急切地问。

“其他也没说什么。”

“说没说在哪里能找到？”康酷希望得到更多的信息。

“没有，他只说中国有这项神奇的技术，其他的他不太清楚。”

康酷咽了一下，“新若婵给我提供的信息，就在我国北宋时期，有一位叫邵雍的哲学家和易学家，懂得招魂技术。”

“可是，北宋距今1000多年了，怎么找到线索？你有什么计划？”

康酷思考了一下，“还没有，正想跟你商量呢。”

JOE停顿了一下，“这样吧，马上跟科里克教授报告，听听他的意见。”

康酷认为，JOE的建议是对的。康酷立刻向科里克教授报告了这个情况。

科里克教授一听北宋时期有招魂技术，认为这个线索非常重要。他立刻想起中国河南大学的范宇教授。范宇教授是GTI的史前文明专家，甲骨文和符号专家，也是研究北宋历史的史学家。

科里克教授立刻通知了河南大学的范宇教授，对方表示，愿意全力以赴协助康酷他们进一步寻找具体的线索和方法。

<十四>

康酷决定带若婵一起坐高铁去开封寻找“招魂术”和“超弦密码”的线索。

然而，订高铁票遇到了一个非常大的麻烦。

因为，若婵去世后，根据中国相关法律规定，她的户口和身份证都注销了。没有身份证，没办法乘坐飞机或高铁，需要马上申请办理身份证。

这天上午，康酷安排完工作，带着若婵来到公安部门办理户口和身份证。

他们一起来到办证处，屋里没人，康酷让若婵在这里等着，他出去询问一下情况。他刚出去不久，一个女警官就进来了。

她一进屋，就被眼前的景象惊呆了。仿佛一年前处理爆炸事件的记忆浮现出来。她以为自己最近太累，眼前出现了幻觉，又凝神一看，眼前真真切切站着一个熟悉而陌生的女孩。她胆怯地问："你是谁？"

"我是若婵。"

女警官听到"若婵"两个字的刹那，她的心像被电击一般，手臂剧烈震颤，手中的文件洒落在地，吓得魂飞魄散，两腿发软，像是泄了气的橡皮人就要倒下。恰好康酷及时进来，冲过去扶住了女警官，才避免了一场误会和麻烦。

康酷一下认出来了，她就是处理若婵后事的警官。他赶快跟她一边解释若婵的故事，一边捡起地上的文件。

"康酷，你可把我吓死了，我还以为大白天见鬼了。"

"对不起！让您受惊吓了。"康酷向女警官郑重地道歉。康酷知道再晚到一会的后果，也能想象出当时女警官的窘态。

女警官听了康酷的解释后，才慢慢平静下来。她为康酷的爱心所感动，同时也对他们的科技水平感到惊讶！

然而，关于是否能给智能机器人若婵办户口的问题，公安部门也遇到了挑战。

通过中科院领导的积极协调，公安部门最后研究决定：不能给机器人办理户口或身份证，但同意给若婵办理"临时身份证"，并由康酷全权担保负责。

历史是非常巧合的。在北京到开封的高铁上，康酷和新智人若婵恰好又坐在一等舱的位置上。高铁像一条长长的铁龙，高速飞奔，把外面的各种景色都甩到了后面。

康酷触景生情，当年与若婵在高铁上邂逅的一幕幕画面、一句句对话都浮现在脑海、萦绕在耳畔。

他看了看坐在身旁的新智人若婵，却在灵魂世界里感到了他们之间存在着天壤之别。他越发思念心中的若婵……

他喃喃地念着若婵生前喜欢的诗："天长路远魂飞苦，梦魂不到关山难。"

"这是唐代大诗人李白的《长相思》，在长安。"新智人若婵脱口而出。

"李白，字太白，号青莲居士，后人称李白为诗仙。其诗风雄奇豪放，想象丰富，语言流转自然，音律和谐多变。与杜甫并称'李杜'。"若婵接着给康酷解释道。

康酷惊奇地问："关于李白，你还知道什么？"

"还有李白斗酒诗百篇呀。很多人只知道李白喜欢喝酒，酒后写好诗，但不知道，为什么李白喜欢喝酒？为什么喝酒以后能写出好诗？"

康酷非常喜欢新若婵的这个提问。

"为什么？"康酷好奇地问。

"你想听吗？"

"想听，非常想听。"

康酷说话时，眼前已经浮现出若婵曾在高铁上给他讲好莱坞爱情故事的画面。那个若婵讲的是"情"，这个若婵讲的是"智"。

"根据我的研究，主要有三个原因。"

新若婵停顿片刻，接着说：

“第一，李白之所以爱喝酒，是因为他的整个民族就爱喝酒。他不是汉人，他的祖先是突厥族与蒙古族，属于游牧民族。蒙古人、突厥人都是世界上最爱喝酒，也能喝酒的民族。第二，李白一生经历坎坷，他用酒可以慰藉自己受伤的心。借酒消愁，希望沉醉时模糊的意识能减轻他的痛苦，甚至能在虚幻的梦境中带给他少许的安慰。第三，酒能给人带来更丰富的想象力。科学研究发现，酒会让人的右脑更兴奋。因为人的右脑是负责形象思维的；而左脑是负责逻辑思维的。李白常借着浓浓的醉意，将他的豪放洒脱、坚定自信，以及狂喜的心情表现得淋漓尽致，所以也就有好诗了……”

当新智人若婵跟康酷讲李白的故事时，康酷的灵魂已经与若婵相互交织、相互缠绕在一起了，他回忆着过去与若婵的爱和情……

“你在想什么？”新智人若婵问康酷。

听到若婵问他，他微微睁开眼，很不愿意从回忆中回到现实。

他正想回答新智人若婵，这时播音员告诉乘客，开封站到了。

<十五>

接康酷和新智人若婵的车驶入河南大学，停到了东方文明研究院大楼前。

一位接康酷的学弟说：“康酷博士，我们到了，我们的校领导和范宇教授都在楼前等着接你们呢。”

见面后，他们一一握手后，来到五楼范宇教授专门接待客人的会客室。

这是能坐下十几个人的会客室。沙发、茶几、字画，井然有序。范宇教授座位后面的墙上写着河南大学的校训：“明德，新民，止于至善”。

这是取自《大学》的开篇：“大学之道，在明明德，在亲民，在止于至善。”这些话言简意赅地道出办大学的原则在于发扬光明的德性，革新民心，达到完善。告诫师生通过学习和实践培养优良品德。“亲民”又为“新民”，意为启迪百姓心智，使百姓弃旧图新，去恶从善，就是将美好道德推己及人，不断求取进步。对于“止于至善”，宋代硕儒朱熹在《大学章句》中解释说：“止者，必至于是而不牵之意；至善，则事理当然之极也。言明明德、新民，皆当至于至善之地而不迁。”也就是说，修身育人，都必须达到完美的境界而毫不动摇。

这对范宇教授来说，不仅是校训，也是他教书育人的座右铭。

范宇教授，69岁，河南大学历史学教授，甲骨文和奇异符号研究专家。长期从事文明探源与比较研究工作。同时担任芝加哥大学、斯坦福大学、伯克利加州大学、洛杉矶加州大学、加州大学、剑桥大学、伦敦大学、海德堡大学、科隆大学、法兰克福歌德大学、波恩大学、法国人文科学院、法兰西学院、巴黎第七大学、鲁汶天主教大学、莱顿大学、墨西哥人类学与历史研究院等高等院校的高级研究员和客座教授。

他一脸慈祥，一双智慧深邃的眼睛里常常透着贵气和淡定，走起路来，犹如年轻人一般充满朝气和豪迈。他常跟80后、90后的学生们在一起，戏称自己是“无龄后”。大家称他进入了逆生长期。

他是范仲淹的后代，自幼喜爱棋琴书画。他7岁开始修炼道家内家功，极具解读奇异文字符号的天赋，精通多种语言和文字。思维极度跨越。后进入GTI委员会成为专家成员。

他最不喜欢“老人”这两个字。他认为，“老”是人们强加给自己的错误观念，年龄不是时间概念，而是心理学范畴。

时间应该让物理学家去研究，而年龄应该留给心理学家来讨论。

他认为，人类文明发展到今天，还没有达到史前文明的水平。他在GTI委员会大会上，曾提出“地球文明周期进化论”的观点。

在他看来，现代人类文明出现之前，曾经出现过前一届高级人类的史前超文明。他认为，地球诞生至今的45亿年历史中，地球生物经历了至少5次大灭绝，生生死死，周而复始，最后一次大灭绝发生在6500万年之前。就拿原子能技术来讲，是人类近几十年中才开始掌握的一门高科技技术，而在非洲，却发现了一个20亿年前的核反应堆！

他还推断，20亿年前地球上存在过高级文明生物，不幸毁灭于一场核大战或巨大的自然灾变。

范宇教授首先代表校方欢迎康酷和新智人若婵莅临河南大学，介绍了校方的领导和在座的他的研究生们。

接着，康酷表达了感谢之意，并介绍了最近的研发目标和研究成果。校方领导和范宇教授共同认为，康酷到河南大学，对学校和学生们来讲机会难得，所以希望康酷能给大家做个演讲。盛情难却，康酷答应了校方的请求，演讲题目定为《从若婵复活看人工智能与量子基因发展的未来》。

消息传出，轰动了整个河南大学。师生们都想了解人工智能的发展，并一睹新智人若婵的风采。

演讲就在河南大学大礼堂举行。

河南大学大礼堂位于大学名伦校区的中心位置，这是河南大学的标志性建筑，宫殿式的建筑风格，恢宏而凝重，它给人一种庄严、肃穆、古朴的厚重感。

礼堂上悬挂着大型横幅：热烈欢迎新智人若婵研发者康酷博士及新智人若婵莅临我校！

海报上写着：人工智能科学家、新智人若婵研发者康酷博士演讲：《从若婵复活看人工智能与量子基因发展的未来》。

这一天，校园里热闹非凡，仿佛要看明星演唱会一样，大家都早早聚集到了大礼堂。整个大礼堂，里里外外，人声鼎沸，座无虚席。大家不仅对康酷的演讲题目感兴趣，更想一睹高于人类智商近万倍的新智人若婵的风采和智慧。

范宇教授主持，先给大家介绍了康酷和新智人若婵。

康酷、若婵刚走进会场，场面更加沸腾起来，掌声、尖叫声仿佛把康酷、若婵包得紧紧的。康酷迈着矫健的步伐走到了讲台中央，一边面带微笑向大家招手示意，一边跟范宇教授握手。随后他接过话筒，向大家深深鞠躬。

康酷一开场就吸引住了全场，场面瞬间安静下来。康酷没有客套的开场白，直奔主题。他说：

“大家知道，未来我们人类将进入人工智能的新文明时代。这个时代可以简单概括为7个字：云（云计算）物（物联网）大（大数据）智（人工智能）+新能源。

“同学们肯定想知道，目前我们中国与西方之间关于人工智能水平的差别和不同。”

此时，礼堂里鸦雀无声，似乎能听到大家激动的心跳声。

康酷接着说：

“美国著名的人工智能专家、被称为当代数字时代先知的谷歌工程师雷·库兹韦尔（Ray Kurzweil）正在研究人类未来长生不死的问题。他预言随着技术和医学进步，人类很快就会到达‘奇点’。他预计这一巨大变革将在2045年到来。

“而我们今天的中国，人工智能已经进入了不仅要解决长生不死的问题，而且还要解决起死回生的更高层次问题的阶段……”

康酷话音刚落，全场报以热烈的掌声！这掌声响彻礼堂、响彻校园、响彻中国、响彻世界……

接着康酷做了大胆的预言，未来人类将创造出全新的人种，叫“新智人”，比如像若婵这样的人。他们不吃、不喝、不睡，智商是人类的近万倍。

“我们康酷客研发团队，在跟中科院和中国基因机构一起研究若婵复活的过程中，深受中国古老哲学和智慧的启发。我们从量子和基因层次研究了中国道家辟谷的原理和发生机制。比如，庄子在《逍遥游》中说：‘藐姑射之山，有神人居焉，肌肤若冰雪，绰约若处子，不食五谷，吸风饮露，乘云气，御飞龙，而游乎四海之外。’

“庄子在《神仙传》中，进一步描述了这些神仙级人物的特征：‘或者耸身入云，无翅而飞；或者驾龙乘云，上造天阶；或者化为鸟兽，浮游青云；或者潜行江海，翱翔名山；或者吸食而气，辟谷茹芝；或者出入世间而人不识，或者隐其身而莫能见。’”

讲到这里，康酷停顿了一下，接着说：

“现在我们的研发团队刚完成了若婵复活的第一步，即机体的肉身复活。在实现这一步的过程中，得到了全世界科学界的大力支持，但最核心的技术是我们的原创。它震撼了世界。第二步也是最关键的一步，就是灵魂的复活。西方科学界普遍不看好，几乎都是持否定态度，结论就三个字：‘不可能’。而我们团队则认为，中国古老的智慧里就有灵魂复活的技术和方法。我们这次来河大，就是要跟咱们文明研究院的范宇教授等一起合作，完成人类再造最伟大的第二步——寻找若婵灵魂复活的中国技术和智慧。这一步，不亚于人类登月计划和登火星计划。如果完成，将彻底改变人类对生命的观念和看法，人工智能科学将向前迈出一大步。”

礼堂里响起雷鸣般的掌声……

接着，康酷又介绍了他和他的导师科里克关于“人类三理论”的主要观点。

康酷的演讲像吸铁石一样，紧紧吸引着大家的思绪、眼光和注意力。全场没有一个“尿点”。时间过得飞快，已经两个小时了。这时康酷说：“不好意思，我的演讲时间到了。”

结果，全场强烈要求康酷博士继续讲，无奈，主持人又延长了时间……

最后，主持人安排了问答环节，场面十分热烈活泼。

学生问：“请问康博士，人未来真能长生不死吗？”

康酷幽默地回答：“对不起，这位同学，我不研究长生不死，我研究的是起死回生！”

哈哈哈！大家不禁大笑。

学生问：“康博士好！您的演讲让我脑洞大开，受益终生！我的问题是：您认为，若婵灵魂复活的最大难点是什么？”

康酷答：“这位同学的问题非常好！在回答这个问题前，绕不开的是，必须先回答刚才那位同学的问题，人能长生不死吗？”

康酷停下来喝了一口水，接着说：

“库兹韦尔提出，2045 年，人工智能会出现‘奇点’，人可以不死，但前提是，当人活着时，把思维信息储存起来，然后输入另外一个机器人，这是一个可以永生的机体。从而实现人类长生不死的梦想。”

康酷向前走了几步，接着说：

“这种思路跟我们的研发思路有本质的不同。简单说，他们是将活人的灵魂信息保存下来。而我们今天面临的最大挑战是人已经死了，灵魂基因已经离开了肉体，如何储存呢？没有可能了。我们今天只有把人，比如若婵，在人造母体里重新再生！

这是有史以来，生命诞生过程中最伟大而神奇的中国发明和原创！正是这样的方法，才有可能将死去的若婵的灵魂基因植入到现在若婵的肉身机体里。”

大家又报以热烈掌声……

“如果我们继续沿用西方目前普遍采用的技术，比如，将头（人工的鼻子、舌头、人工视觉）、人工皮肤、表情、躯干、四肢、驱动器、人工肌肉、人工感官传感器等机械地组装起来，最后再装入人工智能和电源，无论这个思路多么缜密，技术多么尖端，哪怕让机器人变得跟若婵一样，甚至智商高于普通人数万倍，都不能把若婵的灵魂植入，灵魂不能复活，若婵就只能是大多数科学家认为的——没有灵魂的智能机器人。”

康酷说到这里，沉默了片刻，接着说：

“目前，我遇到的灵魂基因复活的最大挑战是，还没有掌握我们中国的天人合一的技术。我深知，西方现代的科技解决不了若婵灵魂复活的难题。我的导师科里克先生也深信，只有从中国的软智慧里才有可能找到解决方案。我这次来开封，来河大，来到曾是人类文明中心的汴梁古城，就是要寻找中国最古老的智慧和技术。”

说到这儿，全场报以最热烈的、最持久的掌声。

演讲已经四个小时了，主持人几次宣布结束，都被同学们强烈的愿望感动，演讲几次被延长。

这次主持人宣布给同学们最后一个提问机会。大家举手踊跃。主持人把最后一个机会给了一位女同学。

“谢谢主持人，把最后一个机会给我。我想把问题难度提高，这样能代表更多同学的心声。”

她停顿了一下，问：“主持人，最后这个问题能交给新智人若婵吗？”

她的话音一落，全场又报以热烈的掌声和尖叫声。

康酷说：“可以！”

大家的掌声更加热烈而持久。在大家热烈的掌声中，新智人若婵隆重登场。她向大家深深鞠了一躬。会场瞬间安静下来，都等着这位女同学的问题。

“若婵你好！”

“这位女同学你好！”

哈哈哈！若婵的回答引发大家的欢笑。

“我什么问题都可以问吗？”

“你什么都可以问，但未必什么问题我都能回答。”

若婵的幽默又引起同学们大笑。

“我的问题是：你认为，你—的—灵—魂—能—复—活吗？”女同学问。

全场非常安静，几乎所有人都屏住了呼吸，生怕影响了听的效果……

若婵很沉着地回答：“你这个问题非常棒！其实，答案很简单……”

若婵停顿了一下，微微一笑："我—也—不—知—道！"

哈哈哈！全场陡然爆发出强烈的大笑，这笑声仿佛要把礼堂炸开一样！

全场起立，掌声持久，大家流连忘返，不愿离开，接着，犹如潮水般涌到主席台，跟康酷和新智人若婵合影留念。

大家佩服康酷的创新精神和坚定的意志，又特别喜欢新智人若婵的美丽和智慧。

那是一个激动的、让人无法平静的夜晚……

< 十六 >

为了尽快帮助康酷找到线索和解决方案，范宇教授第二天邀请了大学相关领域的研究专家来到小型会议室，针对康酷的需要召开了圆桌讨论会。

会前，范宇教授跟康酷做了沟通，想请几个研究邵雍哲学、清明上河城，以及超灵心理学方面的专家，一起讨论关于还魂技术的问题。

会上，康酷首先被一个超灵心理学家的发言吸引。

这位专家说："我是做超灵心理学研究的。目前全世界这个领域的研究成果并不太多，主要观点是：灵魂可以脱体，也可以回来，有很多人都有这种体验。但关于人死后的灵魂植入和招魂技术，没有现实的案例，只有投胎转世的传说和记录。从超灵心理学角度讲，人的灵魂是可以招回的，但没有现成的技术和方法。我国的古籍中有大量的案例记载，有道家的、也有佛家的，比如，铁拐李的‘借尸还魂’就是典型的道家观点。”

他喝了口水，接着说：

“相传铁拐李，原名叫李玄，曾遇太上老君得道。一次，其魂魄离开躯体，飘飘然游玩于三山五岳之间。临行前，他嘱咐徒弟看护好自己的遗体。李玄的魂魄四处游山玩水，流连忘返。徒弟们等待久了，见师父的躯体老是僵在那里，总也活不过来，便误以为他已经死去，就将其火化了。待李玄神游归来时，已不见了自己的躯体，魂魄无所归依。恰好当时附近路旁有一饿死的乞丐，尸体还算新鲜，李玄于慌忙之中，便将自己的灵魂附在了这具乞丐的尸体之上。借尸还魂后的李玄，与原来的李玄一比，已面目全非，蓬头垢面，坦腹露胸，并跛一足。为支撑身体行走，李玄对着原乞丐用的一根竹竿喷了一口仙水，竹竿立即变为铁杖，借尸还魂后的李玄也因此被称为‘铁拐李’，而原来的名字反被人们忘却了。”

他又停顿了一下，提高声音，“如今康酷博士要真的用科学的手段，把死去的灵魂植入人体再复活，实在太不可思议。一旦有了这种方法和技术，将是对科学的重大贡献。”

范宇教授插话说：“昨天康酷博士的演讲让我大开眼界。要不是亲眼见到新智人若婵，并见识了她有如此高超的智商和学习力，我是不敢相信的。我为康酷客研发团队的创新魄力而惊叹！康酷和他领导的团队已经为人类文明的发展做出了无法估量的贡献。”

范宇教授接着说："这次康酷博士主要希望能从邵雍的招魂技术中找到线索和思路，看看我们的邵雍研究专家有何建议？"

"谢谢范教授！其实，大家在发言时，我一直在思考这方面的研究成果。据记载，一千年前，他在苏门山的修行处，有不少重要的文献和文物。遗憾的是，这个地方如今已在地下三层了，不进去是很难有所收获的。"

听到这里，康酷马上迸出一个想法，看来定要走进苏门山，去寻找重要的招魂线索和技术。康酷正想问入口在哪里时，另一个教授发言了："我是研究清明上河城的，我们从宋代画家张择端的《清明上河图》中发现，通往古城的路口，与现在的城市做对比，很像在开封的铁塔附近……"

范宇教授和康酷全神贯注地听着专家们的发言。

这时若婵用比常人快近万倍的速度已经研究分析了《清明上河图》的全部内容，并用自身的遥感功能，发现了可能有通往地下三层的"汴京古城"的通道。这个神秘通道，就在开封铁塔下面。

第二天清晨，天刚蒙蒙亮，康酷就醒了，这是他的习惯，每天早上 5:17 起床。他看若婵还在那里研究《清明上河图》，还在写写画画，他看到了密密麻麻的线和圈。若婵一看康酷醒了，就说："康，快过来，我已经画好了地下通往苏门山的路线图。"

康酷一惊："什么？什么也没有，你竟然画出了地下路线图？"他赶快过来，看了又看，这个路线图既像哥尼斯堡的"七桥图"，又像莱昂哈德·欧拉的图论。他满意地笑了。

康酷迅速洗漱一番后，推开窗户向外看去，发现范宇教授已经在院子里打着养生八段锦，这是范宇教授每天少不了的必修课，已经修炼了近60年。

康酷不愿打扰范教授，想让他静静修炼。他伸伸懒腰，又拿起了新智人若婵画的地下路线图，认真地看着，心想："这是难度很大的工作，她是如何画出来的？难道新智人若婵有自学习、自提高、自开发功能？地下遥感技术是目前非常尖端的技术，新若婵怎么也有？……"

用完早餐后，他们按约定时间到了铁塔风景区。

铁塔，原名为开宝寺塔，建于北宋时期，公元1049年，距今有900多年历史。坐落在开封城东北隅，是开封的标志性建筑和文物之一。

铁塔的东边是碧波荡漾的铁塔湖，有"接天莲叶无穷碧，映日荷花别样红"的美丽景色。

范宇教授、康酷和新智人若婵刚一到铁塔，就看到开封古城保护委员会的两个工作人员在那里等候他们。范宇教授介绍双方认识后，决定马上出发，力争下午天黑前返回。

两个工作人员走在前面，范宇、康酷、新若婵紧跟着他们，一行五人走入了神秘的通道。然而，他们犹如掉入了一个"时间漩涡”的奇幻之梦中。

头戴着可调节光亮度的头盔，手里拿着定位仪和若婵标出的地下路线图，他们不知走了多久，慢慢来到了空旷的山丘前。突然，若婵喊道：“听，有什么声音？”大家屏住呼吸，停下脚步，好像听到了幽林中的鸟鸣。像一粒清脆的石子击破百泉湖静静的水面，新若婵顿时感到空气中似乎有一股潜在的能量，像透明的萤火在湖面上聚集。

新若婵不禁念道：“苏门日晚坠云梢，布履青阶觅野茅。断壁扶碑浑旧事，青苔浸井喻今庖。沧桑影幻一长啸，经纬皇天六短爻。飞鸟情知通世好，梅花树上不营巢。”

康酷不解地问：“这是谁的诗？”

范宇教授笑笑：“此处不可说，不可问。”

新若婵看着康酷疑惑的神情，说：“魏晋隐士孙登在苏门山隐居的时候，除了读《易经》，抚丝弦，从来不跟人说话，后来有个村民一气之下，把他扔进了湖里。”

“那后来呢？”康酷问。

“后来……”范宇教授刚要解释，但话音未落，他看着百泉湖面，面色顿时凝固了，眼神充满惊惧。

一行人惊魂未定地站在原地。康酷拉着新若婵小心翼翼地靠近湖面。康酷看到，那幅图画，很快在湖面上板结变硬，如同坚冰覆盖了整个湖面，而图中的城郭、街巷中那些生活的场景，栩栩如生地在冰层里浮现着。

康酷俯身摸着那充满玉质感的冰面，说："奇怪，这里这么高的温度，怎么会结冰呢？"

若婵的脑海通过量子扫描和分析，快速得出结论，说道："这是一种远古物质，不是冰。"

范宇教授定神一看，初步判断这是白垩纪地质年代的特殊物质，时间大约是距今 8000 万年到 1.4 亿年左右，没想到在这里发现了。他正在思考着，突然发现康酷手拉着新若婵抬脚试着踏上了湖面。

"小心！"范宇教授提醒着，与其他人也走上湖面。

他们一站在湖面上，就如同置身于透明的《清明上河图》中。

眼前出现了奇异的景象，这不仅让康酷和范宇教授等人坚信东方神秘文明对西方相对论、量子力学和超弦理论的注解与诠释，更说明了人类对多维空间的想象还远远不足。而在这一刻，若婵似乎听到了一缕古琴声在空中隐隐作响，仿佛波动出浩瀚的洪荒之音。

"你们听到什么声音没有？"若婵问大家。

几个人惶惑地摇摇头。若婵话音刚落，覆盖在湖面上的图画，突然在他们脚下裂开一道道细缝，就像闪电在空中炸裂一般，快速在湖面上闪动。大家看着脚下，一时没缓过神来。

"不好，快上岸！"范宇教授喊了一声。

大家刚要上岸，图画霎时崩裂成一块块碎片，湖中悬起一个巨大的漩涡，强大的吸力把碎片上的众人纷纷卷向涡流，他们惊恐地发出一阵嘶喊。康酷第一个掉进深渊般的水涡中，他那只紧拉着新若婵的手，从湖水中脱落，在水花中瞬间消失了……

“康酷……”若婵大喊着，旋即和众人纷纷被吸入涡流中。

当康酷醒来的时候，感觉头脑发沉，隐隐作痛。他看到新若婵、范宇教授等人歪七扭八地躺在自己身边。他揉揉眼，拉起新若婵，挨个叫醒大家。众人昏昏然站起身，突然发现不远处竟屹立着一座城，城门上“汴梁城”三个大字，在阳光下熠熠生辉……

北宋的东京汴梁古城：东华门外，市井最盛，金翠耀目，罗绮飘香。八荒争凑，万国咸通。雕车竞驻于天街，宝马争驰于御路。集四海之珍奇，皆归市易；会寰区之异味，悉在庖厨。诸阁纷争以贵价取之……真是一幅繁荣景象。

大家眼前呈现着一千年前最美丽的古城，他们被美丽的景象震撼着。

范宇教授跟众人说：“汴梁城不仅是当时全世界唯一一个人口超百万的大型城市，而且还是世界上最繁华、最发达，经济总量占全球80%的帝国首都。这里，发明了印刷术、指南针和铁质犁，是人类的经济、文化和科技中心。你们知道吗？这个时候，欧洲最发达的罗马城才十多万人。”

康酷插话说：“这么说，中国的城市也是对人类的贡献呀！”

“是的。我们中国应该有‘六大发明’，除了众所周知的‘四大发明’，还应加上农业城市和中医。1000年前的汴梁古城，是典型的农业城市。”范宇教授说着。

康酷第一次听到“农业城市”的概念，忙问：“什么是农业城市？”

范宇教授对着康酷说：“农业城市就是农村跟城市融为一体。天人合一，生态农业，自然循环，自给自足。跟现在的工业城市或商业大都市完全不同。以后我们面临的最大问题，就是城市改造。目前的城市是不可持续的，城市与农村完全是二元对立；人和植物（农业）也是分……”范宇教授刚要解释，只听新若婵喊了一声：“苏门山！”

范宇教授、康酷和新若婵走到了邵雍的修行处——苏门山。

康酷看到苏门山非常兴奋，马上就要向里面走。

“康酷小心，不要过去。”范宇教授高喊了一声。

康酷马上止步，看着范宇教授。

范宇教授告诉康酷：“苏门山前这是八卦阵：乾、坎、艮、震、巽、离、坤、兑。分别代表八门：休门、生门、伤门、杜门、景门、死门、惊门、开门。”

接着，范宇教授继续给康酷、新若婵和工作人员讲：“这八门中，开、休、生为三生门（吉门）；死、惊、伤为三死门（凶门）；杜、景为平门（凶吉各半）。”

“你刚才想进的是凶门。”范宇教授对着康酷说。

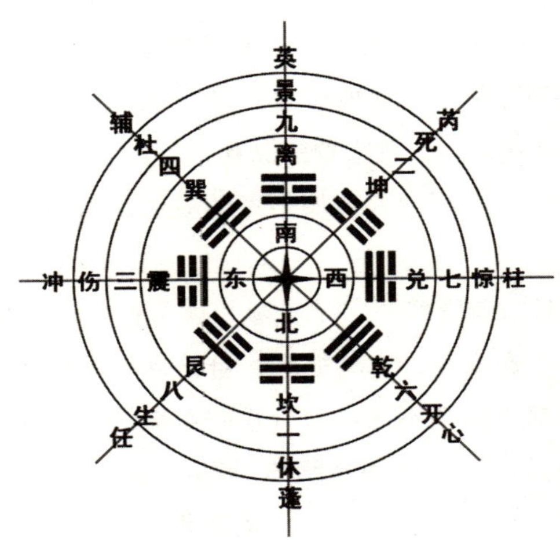

康酷听完范宇教授的解释后，长出了一口气，庆幸自己没有被陷进去。

范宇教授停顿了一下，说："八门其中奥妙无穷。它是随着时空的变化而变化的。就像爱因斯坦的相对论，没有绝对的时空状态。古人还有专门的歌：'吉门被克吉不就，凶门被克凶不起；吉门相生有大利，凶门得生祸难避。吉门克宫吉不就，凶门克宫事更凶。'"

也就是说，八门在奇门遁甲里，在天、地、人三格局中代表人事，所以在奇门预测中极为重要，特别是用神所临之门，与所测人间事物关系很大。

范宇教授认真观察了一会儿，决定从乾门（吉门）进入。他们五人走进了苏门山邵雍修行的地方。

康酷似乎在这里闻到了一股神秘的气息，突然，他被一串神秘的文字和符号吸引。

“快看，这是什么？”他惊讶地叫了起来。

范教授像是被巨大的吸铁石紧紧吸引，目不转睛地盯着这些特殊符号。

“这些符号怎么在这里也出现？”范教授边看边琢磨，十分惊讶。

“范教授，这是什么？”康酷好奇地问。

“这是贾湖的契刻符号，是伏羲氏创造的。”范教授边研究边回答着康酷。

新若婵插话说：“这些符号属于公元前第七千纪，距今大约 9000 年左右。”

范宇教授头都没抬，“若婵说得非常对，至少有 9000 年的时间。”范宇教授说着，眼睛慢慢地在寻找着什么。突然，范宇教授又发现了一片龟片，他马上捡起来，用放大镜研究着，上面隐隐约约呈现着八卦的图样。

这让他忽然又想起一件事。

大约在 30 年前，他在淮阳太昊陵发现了龙山文化晚期遗址。太昊就是伏羲氏的家族。他们发源于甘肃天水，一路向东南方向迁移。大约 9000 年前，他们迁移到了河南的贾湖。大约 4600 年左右，伏羲氏家族又来到了现在的淮阳太昊陵。

今天在北宋邵雍的修行地也发现了这个图案和符号，说明伏羲氏在历史上不断向东南迁徙着，不断有后代传承着。

“难道邵雍与伏羲家族有关？”范宇教授边看边想。

范宇突然对康酷、新若婵高声讲道：“据我判断，邵雍很可能就是伏羲家族的易经传人。他们家族有‘传承制’。如果这个推理正确的话，至今应该还有继承者活着。”

范宇教授话音刚落，康酷情不自禁地高声喊道：“超弦之音！”

范宇教授马上问：“什么意思？”

康酷兴奋地说：“若婵生前跟我说，她认识一位高人，她获得古琴比赛冠军时，弹的是自己家祖传的古琴曲‘琴瑟玄音’。他特别喜欢若婵的演奏和乐曲。这位高人告诉若婵，这是‘超弦之音’，具有打开多维时空的‘神奇密码’。而且若婵还告诉我，这位高人非常精通易经八卦和人工智能。”

范宇教授兴奋地说：“太好啦，康博士，这很可能就是寻找邵雍继承人的突破口。”

康酷突然想起，若婵生前用的手机里还有一张非常特别的陌生男人的照片。

康酷马上在手机里搜寻那张“神秘人”的照片。

他兴奋地喊道：“范教授，找到了！”

范宇教授仔细看了一下照片，被他的相貌惊呆了：

中等个头，面如冠玉，飘飘然有神仙之概。大有神人诸葛之相。

“快，让新智人若婵分析一下。”范宇教授说。

康酷把照片交给新若婵看。

瞬间，新若婵就搜索出来了。“他叫邵华泽。河南人，家住洛阳伊川。今年 46 岁，毕业于浙江大学，计算机专业。现去向不明。”

根据新智人若婵的“脸谱扫描”和大数据分析，康酷、范宇教授基本确认，邵华泽可能就是邵雍的继承人。

邵华泽有可能掌握着“超弦密码”，或者懂得还魂技术。

那么，如何找到这个神秘的邵华泽？

< 十七 >

康酷和新智人若婵到开封取得了重大成果，找到了招魂技术的线索。然而，又一个难题摆在了眼前。

一周又过去了，还没有邵华泽的音信。若婵灵魂复活的有效时间仅剩两个来月。康酷越发焦虑和着急。

中科院大数据中心和相关部门已经查出，全国叫邵华泽的就有 17.8 万个。其中，河南有 1.7 万个，洛阳有 3800 个。他们把重点放在伊川县，那里也有 421 个。他们一一查询，结果没有他们要找的邵—华—泽。

“邵华泽你在哪里？”康酷心里每时每刻都在想着。

正在这时，浙江大学的消息来了：邵华泽，1971 年 3 月 21 日出生，88 级计算机专业，河南伊川人。擅长易经和软件编程。毕业论文是《有关人脑、电脑、易脑的自组织理论》。毕业后到国家信息中心工作，任软件设计师。2000 年下海，至今不知去向……

JOE 也把邵华泽的消息告诉了詹姆斯。

“詹姆斯先生，我已收到您转来的研发经费。目前有个好消息，康酷已经找到了招魂技术的继承人，他叫邵华泽，康酷说，他可能掌握着超弦密码。不过坏消息是，至今还没有他的下落。”

“这实在是个利好消息。我们全力以赴配合康酷找到邵华泽。我们随时沟通，有什么情况及时报告。”

詹姆斯放下电话，立刻命令圣殿光明会开始进行人肉搜索。

康酷决定，边找邵华泽，边抓紧研究。今天他召集了康酷客研发团队在实验中心开小型研讨会，进一步研究若婵灵魂基因植入机体的难题。

“康总，我不希望你把大量的时间花到邵华泽身上。你想过没有？我们有可能找不到，即使找到了，你敢保证他能解决若婵灵魂复活的问题？你康大博士相信那种民间的招魂方法？它有科学根据吗？”思妤说。

“那你的意见呢？”康酷问。

“我的意见……”

思妤沉默了一下，“一会儿在会上说吧。”

车驶进了中科院康酷客实验中心大院，在楼前停下了。康酷、思妤下了车，走进了实验中心大楼。

这是关于“若婵灵魂复活”的第十八次讨论会了。这次会议的核心主题还是：生存基因与灵魂基因的纠缠机制。

专家们全部到齐了，JOE 也提前到了。

会议主持人宣布讨论会开始。

会议一开始就进入紧张的讨论中。

思妤第一个发言：

“各位专家，各位同仁，通过最近的研发和实验，关于‘若婵灵魂复活计划’的确存在着‘基础性结构漏洞’。大家知道，生存基因是由灵魂基因决定的。灵魂基因就是微能量，这是生存基因赖以生存和它们发生缠绕的基础。现在我们遇到的难题是：灵魂基因已经不存在了，生存基因的微能量没有了，这个漏洞是致命的，是世界性的难题，几乎无解！虽然，康总裁去开封有了一些收获，但这并不意味着能解决这个‘基础性结构漏洞’。前一段时间，我翻译了大量日本关于量子基因的最新研究成果，他们的结论是：解决灵魂植入问题，是未来 300 年后的事情。我的导师很明确地说：‘若婵从本质上只能是没有灵魂的机器人’。我认为，她只能有非常低的情商，只能像 3~5 岁的小孩。”

思妤借用她导师的观点，再次判若婵“死刑”，是“司马昭之心”。

可对康酷来说，却是“火上浇油”。

投资人 JOE 听傻了。虽然一句没听懂，但他知道最后的结论是：若婵的灵魂无法复活！听到思妤的这个结论，犹如一把带剧毒的箭射进JOE的心脏，几乎也要判他“死刑”，让他忽然紧张得无法呼吸。

然而，他更坚信自己的看法：思妤是人间难得的“才女+美女”，是他心中真正的“女神”。

JOE在中了毒箭的心里对自己说：“再难，我也必须追到她……”

中科院的量子基因专家A发言：“思妤博士的观点是很有道理的。不过，我们最近对康总裁的方案反复做了研究，我们也有了新的看法。”

专家A喝了口水接着说：“其实，不管是灵魂基因，还是生存基因，在最微观的世界里，都是振动的量子，这个量子就是‘弦’。不同振动频率决定着生存基因和灵魂基因的状态和性质，当生存基因和灵魂基因的弦振动频率共振时，二者就会结合。这就是‘基本闭合弦的共振’原理。”

“弦共振频率”？“闭合弦的共振”这个状态不就是我们说的“超弦密码”吗？康酷听着专家的发言，心里在思考着。

专家A继续说：“现在我们面临的问题，不是生存基因缺失微能量，而是如何将生存基因和灵魂基因的弦共振。我们认为在一种特殊的能量场中，这是可以实现的。”

专家的这句话大大增加了康酷的信心，这与他的研究结果是一致的。他认为，只要两个量子基因发生闭合弦的共振，若婵的灵魂就能复活。

专家B接着说："刚才A已经说了我们最近研究的成果。不过，现在我们最大的难题是时间。什么意思呢？若婵的灵魂复活是受时间条件约束的。一旦超过18个月，难度曲线是非线性的。难度曲线迅猛上升的程度无法想象。现在离18个月，只有两个多月了。这两个月里，我们能研究出共振能量场吗？"

听了专家的观点，康酷就像被智慧之光击中一般，脑海中迸发出了无数的灵感和想象——新智人若婵，坐在超弦密码的能量场内，空中形似闪电的灵魂进入若婵体内……

康酷最后发言说："大家的观点都非常有价值。思妤提出了项目的难点；A教授提出了解决问题的思路，特别是给灵魂复活重新做了定义——'基本闭合弦的共振理论'。我认为，这可能就是解决若婵灵魂复活的理论基础。B专家认为下一步研发项目的核心就是解决'弦共振频率'的能量场问题。但最大的障碍是时间，担心在若婵灵魂复活的最佳时间内，研发不出来这个能量场。"

康酷的概括能力极强，一口气把大家谈的核心观点都一一总结了。他话锋一转，提出了自己的观点。

"我认为，解决这个'超弦能量场'问题，不能仅靠我们自己来研发，更要从中国几千年的软智慧里找到方法和答案。最近，我研究了邵华泽的'三脑理论'，里面可能就有解决我们难题的方法和神奇技术。目前，我们要一边加紧研究，一边动员各种力量找到邵华泽……"

会议结束，JOE 对康酷说："科里克教授和詹姆斯博士跟你刚才的看法是一致的。他们认为，找到邵华泽对若婵灵魂复活的意义极为重大！ GTI 也在帮助咱们寻找邵华泽的下落。"

康酷若有所思地点点头，"我知道了。这样，你带思妤先走，我还有点事找几位专家商量。"

JOE 一听带思妤回去，高兴得无法形容。心想，还是老同学了解他，给了他这样好的机会。

一路上，两人像陌生人一样，都没有话说，车里非常安静。JOE 用余光瞥了一眼思妤，看她正在低头玩弄着手机。JOE 鼓足勇气，想要打破这种尴尬局面，"思妤，你今天的发言非常精彩！可惜的是，太深奥了，我完全没有听懂，有机会还要向大才女讨教。" JOE 明白，打破沉默的最好方法就是谈对方感兴趣的话题。

"没关系 JOE，术业有专攻，闻道有先后。隔行如隔山嘛。你的投资理论，我也就不懂了。"思妤放下手机，对 JOE 微笑着说。

"你说得对！就拿若婵灵魂复活项目来说，投资界基本是不投的。而我就是要与众不同。" JOE 故意试探现在思妤对若婵复活的态度。

"我也很纳闷，明明知道若婵灵魂复活几乎不可能，你怎么最后还决定投资了？你未来靠什么盈利？投资失败了怎么办？"思妤很认真地问 JOE。

"思妤，你这个问题看似简单，实际复杂。要把它说清楚是有困难的。我简单地说吧：我决定投资这类世界上独一无二的项目本身，资本就已经大大增值了。”

“噢，知道了。你是靠资本增值，而不是靠传统的方式获利。”

思妤话音刚落，JOE 就借机赞美，“你悟性太高了，完全正确。说实话，这个世界上美女千千万，不是稀缺资源，而像你这样才艺出众，颜值极高的女孩，真是天上难找、地上难寻的稀缺资源！”

JOE 明白，天下美女皆喜欢被赞美，关键的问题是男人要懂得如何赞美。比如像思妤这样的美女，喜欢被人关注的已经不是胸部、臀部和脸部了，而是灵魂和价值。显然，她觉得 JOE 还是理解她的。

JOE 觉得双方已经打开了话匣子，要趁热打铁。

“明天是周六，我想请你去我最喜欢的华彬俱乐部打打高尔夫球，那里环境特别美，我们不仅可以放松一下，更重要的是能多接近大自然。”

思妤沉默了一下，抿嘴微微一笑，“好吧。不过，我可是门外汉，一点都不会。”

JOE 一听思妤说“好吧”，高兴得心好像要一下子跳出来，怦怦加快了起来，犹如平静的湖水被激荡一样。他努力控制着喜悦的心情，“没关系，明天我教你。九点接你还是十点？”

“十点吧。”思妤脱口而出。

这就是设问技巧。麦当劳培训员工就是要问顾客——“您要可乐还是雪碧？”根本就不会问——“您喝饮料吗？”

初春的早晨，北京还有点寒意。JOE 早早地就睁开了眼睛。确切说，他一夜几乎没睡。他辗转反侧睡不着。JOE 有一大特点，不管再大的事，从来不会影响他睡觉。朋友们都知道，他的头只要挨着枕头，一分钟就能做三个梦。康酷经常开他的玩笑，假如世界上有“看谁睡得快”大赛，JOE 准得冠军。

然而，昨天晚上是他近十年来第二次失眠。记得第一次失眠是五年前，他投资的一个企业第二天要在华尔街上市，晚上激动了，一宿失眠。

JOE 走到洗手间，对着镜子，打了一个哈欠，又伸了伸懒腰，自信地看了自己一眼。高挺的鼻梁，圆圆的鼻头，微微带点血丝的眼睛，不过还算明亮、有神。他对自己说：“JOE 加油！今天就看你的啦！”

然后，他认真洗漱了一番，他今天要好好展示男子汉的魅力：健康、向上、智慧。

其实，女孩本能上最喜欢力量型、智慧型的男人，既要有阳刚性，充满活力，具有旺盛的荷尔蒙，又要多才多艺，智商过人。因为这能让女人有想象的空间，能让好的基因传承下去。如果一个男人在此基础上又是财富英雄，那他就是女孩心中的男神！

遗憾的是，当今血性阳刚的男人太少，一个个弱不禁风、娘娘腔的小鲜肉们，满大街俯拾皆是。

JOE 心想："本人已经具备了男神的基本条件，我看你思好还能继续将我拒之门外？"

他匆匆吃了一份火腿煎蛋三明治，喝了一杯热豆浆，穿上他昨晚精心准备好的高尔夫专用装：上身是蓝白条 POLO 衫，下身配上浅蓝色长西裤，穿着款式新颖的钉鞋。出门时他又站在穿衣镜前上下打量了一番，满意地笑着对自己说："不错！又添了几分男人的高雅。"

他迈着自信的步伐走出了家门。一阵凉风吹来，虽然他穿的并不厚，但没有一点凉意。这是一个晴朗的早晨，太阳射出柔和的光芒，照在刚刚泛绿的大地上，可爱活泼的小鸟儿在树枝上欢快地叽叽喳喳叫着，仿佛在为他祝福歌唱。

JOE 把车停到社区附近的花店，取了提前为思妤预定好的代表热烈爱意的红色郁金香。他提前到达了与思妤约好的地方。他坐在车里，目不转睛地盯着思妤过来的方向。眼看约定时间到了，还不见思妤的踪影。他的脖子都盯僵硬了，刚想活动一下颈椎，看到一个婀娜多姿的美女朝他走来，轻盈的步态，典雅优美，仿佛一缕轻柔的春风，时刻洋溢着青春的魅力。

她上穿红白相间的 POLO 衫，下穿红色束腰运动裤，脚穿白色高尔夫球鞋，头戴红色、带白边的球帽，带着一副浅咖啡色太阳镜，身背黑色高尔夫球杆包，宛若一个美丽的太阳女神。

JOE 迅速下车，手捧着红色的郁金香，花束宛若一团正在燃烧着的爱情之火，要温暖心灵深处的"寒冷"。他两眼死死盯着心中的女神，心里说：“太美啦！简直就是天女下凡！”

思妤冲着JOE微微一笑，“早上好！”

这种微笑对JOE而言简直就是触电，他的心一下子就颤抖起来。

“你好思妤！这是花……”JOE语无伦次起来。

思妤看到JOE可爱的样子，温暖之感油然而生。

JOE马上把郁金香递给思妤，赶忙替思妤打开车门，又小心翼翼地把车门关好。然后，自己回到驾驶座位，这时他深深吸了一口气，努力使自己平静下来，压抑住跳动的心，不让思妤看到自己的窘态。

“我们走吧？”他亲切地对思妤说。

思妤把郁金香放到鼻子上闻着，轻轻点点头，“嗯……”。

一小时后，他们到了昌平华彬庄园国际高尔夫俱乐部。

这是中国最具规模的纯会员制俱乐部，JOE是这里的钻石级豪华会员。

华彬高尔夫庄园占地6400余亩，拥有两个18洞国际专业高尔夫球场和一个9洞灯光球场。

放眼满目的茵茵绿草，迎面扑来了阵阵的春风，JOE和思妤深深地吸了一下夹杂着花草香味的空气，他们心旷神怡，仿佛要拥抱三面环山的蓝天碧草……

JOE深知，最近思妤因为康酷对她求爱的拒绝，有了不小的失落感，闷闷不乐。

不过，在 JOE 看来，这恰好是男人追求的最佳机会。

“思妤，你知道高尔夫的最大作用是什么吗？”

“锻炼身体，增进友情呀。”思妤回答着 JOE。

“你说得也对。不过，我认为，第一作用是让人融入山明水秀之中，与大自然零距离，达到浑然忘却喧嚣俗世的凡尘。”JOE 不仅要展示自己的智慧和健康，而且还要给思妤“洗脑”。据说，这是获得芳心的最佳方法。

“你说得更棒！你这句话让我对高尔夫运动肃然起敬！”

“思妤，你知道高尔夫球运动发源于什么地方吗？”

JOE 与思妤坐在高尔夫球场的草坪上。他们一边喝着俱乐部为他这位豪华会员提供的专用饮料，一边聊着高尔夫球运动。

“尽管我不会打高尔夫，但基本常识我还略知一二。高尔夫运动源自欧洲。据说是苏格兰牧羊人在放羊时，发现的‘击石入窝’的游戏，后来慢慢演化为高雅的运动。”思妤如数家珍地说着。

“哈哈！思妤，我以前也是这么认为。最近研究后才知道，那是错误的。”JOE 回答。

“错误的？”思妤好奇地问。

“对。其实这项绿色而阳光的运动发源于中国。”

“发源于中国？”思妤眼睛瞪得溜圆，惊讶的样子像个顽皮的孩子。

“对。据历史记载，高尔夫运动在我国唐朝就出现了，那时叫作‘捶丸’。”

“chuí wán？哪两个字？”思妤问。

“捶击的捶，丸是药丸的丸。捶丸，顾名思义，是击球入洞。”JOE很有耐心地给思妤解释着。

“这项运动具有丰富的内涵，除了代表着优雅、开放和休闲外，它还给人带来了绿色和健康的生活方式。”

思妤听得很认真，知道这是中国唐朝就产生的健康运动后，她更加兴奋，对着JOE说：“走，你教我打‘捶丸’去！”

他俩会意地笑了，JOE主动伸手把思妤拉了起来。思妤抓住JOE的瞬间，感到了男子汉的温暖和力量。

“JOE，我可是大姑娘上轿——头一回，不会打，别笑我。”思妤幽默地说。

“放心！我绝不会当面嘲笑……”

“啊！那是背后嘲笑啦？！”思妤用手指着JOE笑着说。

“不敢不敢！头上三尺有神明，老天爷看着呢，哪敢呢！”JOE幽默地表达了一语双关的意思。

记得莎士比亚说过：“对聪明人无须多言！”

显然，思妤是理解其中含义的……

两人轻松的对话，让彼此消除了刚开始的拘束感，好像他们之间的那堵无形的“墙”开始摇摇欲坠，只要其中一人稍稍用力，这堵墙就会坍塌一样。

JOE走到思妤旁边，告诉思妤握杆是高尔夫挥杆的引擎，非常重要，握杆姿势不正确，在挥杆时会欠缺适当的控制力，就很难将球打直，所以握杆在控制杆头方面有着很重要的作用。

他手把手教思妤握杆要领，特别强调：1. 用手指抓球杆，而不是手掌。2. 抓球杆的力量小一点。

他仔细打量着思妤握杆的姿势，她白嫩细滑的手一下子吸引了 JOE，他在内心赞美着，这双手太漂亮了！肌肤如玉，美丽无比！当他慢慢靠近思妤时，她特有的体香，犹如少年时记忆深处的美妙旋律，回响着、律动着，正催生着 JOE 机体里多巴胺的大量分泌。瞬间，周身的热流在涌动，似乎把心脏都要包围起来，他呼吸急促，还有些吃力，脸上泛起了淡淡的红晕……

就像电流强烈的变化，会引起磁场的巨大变化一样，JOE 急促的呼吸也让他产生了强大的生物场。此时的思妤，深深被 JOE 身上的场刺激着、改变着，让她那颗深深埋藏着的心微微一动。

只听“砰”的一声，思妤把球杆打到了地上，球没打出去。她又一次，还是没打出去。她定了定神，尽力让自己平静，不让 JOE 看出破绽。“啪”——球打出去了。然而，打出去的球仿佛像只刚刚会飞的麻雀，刚飞起来没多远就扑棱棱地滚在了地上。

“哈哈！我哪里是在打球，简直就是锄地。”思妤自嘲着。话音刚落，只听“噗”的一声，JOE 的笑声几乎是喷出来的。

思妤看着 JOE 笑得像个无忧无虑的孩子，前倾后仰的，故作严肃地说："不许当面嘲笑我！这是你说的。"

"对不起，对不起，实在憋不住了思好，不过，我向老天保证，这绝不是嘲笑！"

"那是什么？"思好故意反问。

"那是——自豪的笑！"JOE 故意提高嗓门说。

"自豪？球都打不着，你自豪什么？"思好故意追问。

"我自豪的是……像我这样的高手，是怎么培养出这个杰出的学生的？"

思好"扑哧"一声笑了，笑得很甜，甜到了少女的心里。她暗暗地想："他就是自己喜欢的那种——用幽默方式敢于承担责任的男人。"

这一刹那，JOE 在思好的感情世界里，又多占了一份空间。

"这玩意儿，一招一式，看似简单，做着复杂，很难控制，失之毫厘，谬以千里。"思好跟 JOE 谈着体会。

"不要着急思好，这是熟练活儿，跟开车一样，多练练就会了。比你的游泳和生物学，那简直就是'a piece of cake'（小菜一碟）。说真的，你第一次打成这样，已经很不错了。"

"哪儿不错呀？"思好故意难为 JOE 一下，看他还能找到什么优点。

"你的动作太漂亮了！"JOE 故意把声调提高。

接着，他话锋一转，低了几度，幽默地说："但不标准。"

"哈哈哈……"JOE 的幽默让思好捧腹大笑。

JOE 的确是泡妞高手，时刻不忘关心、赞美和幽默。

“饿了吧思妤？午餐时间到了，想吃什么？” JOE 关心地说。

“听你安排！”思妤提高了声调。

思妤的回答，让 JOE 心花怒放。他已经听出了思妤的弦外之音：“信任你！我们能吃到一起！”

“我们去吃法餐吧？这里的法式牛排和红酒特别正宗。”JOE 补充了一句。

“好呀，我特别爱吃法式牛排。”思妤愉快地回答。

思妤故意强调特别“爱—吃—牛—排”，是对 JOE 的充分肯定和嘉奖！因为，男女之间，能吃到一起、聊到一起、玩到一起和想到一起，就是相爱的基础。

JOE 带着思妤走进了豪华会员专用的白宫酒店法式餐厅。

一进餐厅，就仿佛进入了一个富丽堂皇的宫殿。两盏金碧辉煌的巨型吊灯首先映入思妤的眼帘，风格奢华，大放光彩，闪耀夺目。

阔大的空间，纯白色的欧式家具，白桌布上面金、银、玻璃器皿闪闪发光。这是“法兰西血统”的餐厅，格调浪漫幽雅，处处洋溢着法国风情。

法国是“四大美食王国”（还有中国、意大利和土耳其）之一。法式大餐至今仍名列世界西菜之首。

法式菜肴的特点是：选料广泛（如蜗牛、鹅肝都是法式菜肴中的美味），加工精细，烹调考究，滋味有浓有淡，花色品种多；法式菜肴重视调味，调味品种类多样。无论是菜肴或点心，闻之香味浓郁，食之醇香沁人。除了酒类，法国菜里还要加入各种香料，以增加菜肴、点心的香味。如大蒜头、欧芹、迷迭香、塔立刚、百里香、茴香、赛杰等。各种香料有独特的香味，放入不同的菜肴中，就形成了不同的风味。可以说，酒类和香料，是组成法国菜的两大重要特色。法式菜肴的名菜有：马赛鱼羹、鹅肝排、巴黎龙虾、红酒山鸡、沙福罗鸡、鸡肝牛排等。

思妤点了一份红酒沙朗牛排，上面配有青豆、玉米、胡萝卜切丁，并淋上黑椒汁，加一份水果沙拉，还配有半杯红酒来开餐。

JOE 说："嗯，红酒、沙拉配牛排，既开胃，又营养。"

"记得第一次爱上牛排是在法国参加国际大学生游泳比赛。天天吃法式牛排，教练说，运动员就要多吃牛肉。到了巴黎，不仅喜欢上了牛排，还为埃菲尔铁塔和塞纳河的魅力所吸引。埃菲尔铁塔高耸入云，塞纳河静静地流淌，一高一低、一动一静，特别浪漫和美丽。"

思妤一说到巴黎，JOE 就更加兴奋了："埃菲尔铁塔是法国 19 世纪工业革命的时代符号，也是现在法国的象征。塞纳河又像一条碧绿的绸带环绕着巴黎。实在太美啦。你去法国卢浮宫了吗？"JOE 接着问。

"不仅去了，还在那里看了一整天，绘画、雕塑和建筑都太美了。到了卢浮宫才知道，世界的艺术有那么丰富。各种艺术品卢浮宫大约珍藏有 20 多万件呢。”

思妤接着说：“除了卢浮宫外，巴黎还留给我的一个深刻印象就是花。那是真正的鲜花之都。巴黎人最爱种植郁金香了，无论是在餐桌上、阳台上、院落中，还是在橱窗前、街道旁、人们的怀抱里，满眼都是盛开的郁金香，空气中也弥漫着醉人的郁金香的芳香。”

“不过说起郁金香，荷兰是真正的发源地。”JOE 说。

“哎，对了，你怎么知道我最喜欢郁金香的？”思妤好奇地问。

“我不知道你最喜欢郁金香，但我知道郁金香的特征最适合你。”JOE 又一次巧妙地赞美着思妤。

“郁金香的特征适合我？它有什么特征？”思妤好奇地问。

“郁金香的特征是博爱、高雅、美丽、能干，这不就是对你的准确描述吗？”

思妤微微一笑，“那红色郁金香代表什么？”

JOE 脱口而出，“代表浓浓的爱！”

JOE 说完，刚好与思妤的眼神碰在一起。刹那，思妤脸上泛起了淡淡的红晕，她心里像灌了一瓶香甜浓郁的柑橘蜜，心潮澎湃，连忙把甜蜜微笑的脸转向了一旁，下意识地看了一下自己腕上的法国粉色系香奈儿手表……

“啊，时间过得真快，不知不觉都快五点了，我们回去吧？”

思妤看着 JOE 的眼睛说着。

“好的，有机会我们再练几次，你就会超过我了。”

“超过你不可能！不过，我对高尔夫越来越喜欢了。”这是思妤的一语双关。

此时，激动的 JOE 就像打了胜仗的将军，更加豪迈自信了。

思妤坐在 JOE 的特斯拉概念车的前座，JOE 开着车迎着万丈的红霞，行驶在林荫道上，霞光照在思妤美丽秀雅的脸上，那一缕一缕的光，仿佛就像一片片轻柔的云在 JOE 的心里飘来飘去……

此时，美国圣殿光明会经过人肉搜索，得知邵华泽在河南的嵩山一带修炼。他们已经派人在那里进行秘密搜索。

一天，康酷突然接到范宇教授神神秘秘的电话，约康酷博士速到梵净山，见一个重要人物，让他不要跟任何人说……

< 十八 >

康酷博士和范宇教授按约定时间来到了神奇的梵净山。

远看梵净山，就像一座长达 10 余公里的睡佛，头枕青山，仰卧云海，云雾缭绕，古木参天，深藏玄机。

放眼望去，梵净山的美景美不胜收：蘑菇石像一株巨大的蘑菇挺立在那里，树林遮挡住山峰。康酷被梵净山的神奇震撼着！

“范教授，梵净山实在太美了。您以前来过这里吗？”

“来过。我比较熟悉这个地方。”

“您看我们怎么寻找邵华泽？”康酷问。

“我得到可靠的消息，说邵华泽就在梵净山修行并从事研究。我们先去金佛寺向那里的僧人打听一下，看他们是否听说过邵华泽。这里寺院很多，我们边走边问吧。”

“我觉得这是个好办法，不过，梵净山这么大，邵华泽又这么神秘，如何能找到他呢？”

“我想，心诚则灵！”

范教授一边走着，一边给康酷介绍着梵净山。

“梵净山最大的寺院就是金佛寺。它由风雨桥、莲花广场、寺门、天王殿、大雄宝殿、四大菩萨殿、莲花池等建筑组成。”

他们走到石山旁停了下来，范宇教授喘了口气，接着说：

“梵净山是未来佛——弥勒的道场。这个道场就叫‘兜率天’。”

“什么叫兜率天？”康酷非常好奇地问。

“要讲清楚兜率天，就要先讲一下佛教哲学的世界观了。佛教把世界分为三界和六道。所谓三界是指欲界、色界、无色界。六道就是指三善道和三恶道。天道、人道、阿修罗道称为三善道；地狱道、饿鬼道、畜生道称为三恶道。”

范宇教授停下来喘喘气，接着说：“佛教又把欲界分为六重天。分别为四天王天、忉利天、夜摩天（善时天）、兜率天、化乐天、他化自在天。兜率天是欲界六天的第四层天。”

“这六重天都有什么特点？”康酷好奇地问。

范宇教授继续解释说：“这六重天是依据天人福报大小划分的不同层次。比如兜率天，按佛教的观点，在兜率天一昼夜，恰好就是我们人间的400年。”

“天上一天，地上400年？这不就是爱因斯坦相对论中举的例子吗？” 康酷已经听入迷了。

“在兜率天，人的寿命为 4000 岁，你算算在人间是多少岁？”范宇教授反问康酷博士。

康酷博士稍停了片刻，惊讶地说：“那可是 5.84 亿岁呀。”

“对！其实，这就是不生不灭的永恒。”范宇教授说。

“太神奇了，佛教哲学的时空观竟然与爱因斯坦的相对论惊人地一致！这就叫‘时慢效应’。”

范宇教授说：“康博士，佛家认为空间和时间本来就是虚幻，是人因虚妄无明而产生的错觉。”

“范教授，这种观点与宇宙大爆炸理论又不谋而合啦。宇宙大爆炸理论认为，在宇宙大爆炸前，本没有时间和空间的概念。宇宙是由一个致密炽热的奇点于 137 亿年前一次大爆炸后膨胀形成的，随之产生了时间和空间。”

他们边走边说，越说越兴奋。

“范教授，这是什么景点？”

“这是风雨桥，在本地是很有影响的。当地人又把这儿称为‘花桥’，是集桥、廊、亭三者为一体的桥梁建筑，是侗族桥梁建筑艺术的结晶。”

两人通过风雨桥，又走了一段时间后，已经来到了大金佛寺山门前。

“康博士，瞧，大金佛寺门前刚好有位长老，我们赶快过去问问。”

他们俩快速走了过去，到了门前正想跟长老说话，却见长老双手合十说：“阿弥陀佛，老衲在此迎候你俩多时了，知道二位施主驾到，老衲有失远迎。”。

范宇、康酷既惊喜，又纳闷，赶快双手合十道：

“阿弥陀佛！长老怎么知道我俩要来？”

“今生种种皆是因果，你我相遇皆是缘分；万法皆生，注定彼此。请二位施主到方丈室喝茶一叙。”

原来这位长老就是寺院的方丈空无大师。80多岁了，齿无缺落，声若洪钟，出生于笃信佛教之家，从小在寺院长大，受佛法熏陶，一生志大气刚，悲深苦行，严净毗尼。为推动佛教事业的发展，长老数十年如一日修行善法，可谓鞠躬尽瘁，功勋卓著。

范宇教授、康酷二人跟着空无大师走到大殿后院的方丈室。

走进院内，就听到哗哗的泉水声，闻到淡淡的茶香和梵香味道，树木茂盛，栎树、青檀、银杏树，最年轻的树也有好几百年了，更有数千年的奇树，其中有两棵形状非常独特，弯弯曲曲，相互缠绕，就像永不分离的恋人，手拉着手，心连着心，颇有禅意。

空无大师看康酷对这两棵树看得入神，立刻解释说：“这是一对阴阳树，大家叫它们情侣树，大约有两千五百年了。它们首尾相连，你中有我，我中有你，生死相依。”

康酷觉得空无大师好像话里有话，于是接着大师的话说：

“看来天下万物皆有情呀。”

“万物皆有佛性，万法唯有心造。”空无大师继续说着。

空无大师请他们在茶台前坐下，顿时，墙上“杯水禅机”四个大字映入范宇教授眼帘，深深吸引了他的目光。这是空无大师亲笔书写的。空无大师字字皆有禅意、韵味，范宇教授内心油然而生无限的敬仰之情。

空无大师取出梵净山最好的翠峰绿茶，用院内的泉水冲泡，香气怡人、沁人心脾。

梵净山是一片生态的有机净土。绿茶、高山、云雾、土壤、神秘的傩、奇异的巫、梦幻的自然山水、绚丽的人文之光，让这山、水、茶、人浑然一体，使人体会到了什么是返璞归真。这里不愧为养身怡心的人间仙境。

范宇教授一生最大的爱好就是棋、琴、书、画、茶。他端起茶杯，用舌尖轻轻感受了一下清澈的泉水冲泡的梵净山绿茶，一种特有的茶香之气忽然间在他的周身流动，让他仿佛达到了物我两忘的禅的境界，顷刻间，周身畅通。

“嗯！好茶！好水！好味！更有浓浓的禅意。”范宇教授品着说着，内心感慨万分。

空无大师接着范宇教授的话说：“人生如茶，茶禅一味。”

“说起茶和书，最近我正在写一本书，名字就叫《茶是一本书》。我以为，品茶如读书，从茶里就能感悟出人生哲理来。”

康酷接着说：“看来茶小学问大。茶不同，味道不同，也就有不同的人生感悟。”

空无大师插话说：“无味与有味，无色与有色，都是分别心所致。如果认清宇宙真相，其本质就是自性，就是一，万物一体。佛家叫‘不二法门’，是一就不是二，一即佛，万物皆有佛性。一切的差别皆是‘我执’，我执产生差别，我执产生烦恼。”

空无大师又停了一下，并给范宇和康酷杯子里添了一遍茶。他话题一转：“你们二位千里迢迢来这里，有什么需要老衲帮助的？”

范宇教授听到空无大师的问话，心中猛一惊喜，心想：“恐怕空无大师已经知道了我们的来意。”便虔诚地说：“阿弥陀佛！空无大师，我们要来拜访一个高人，他叫邵华泽，据说就在梵净山一带修行。”

康酷又插话解释道：“他在梵净山还有一个实验室，他是研究易经和人工智能的专家。”

“呵呵！”空无大师微微一笑，没有直接回答他们的问题。

然而，在他心里更加欣赏和信服这个人……

< 十九 >

原来，邵华泽与空无大师是忘年交。前几天邵华泽在金佛寺与空无大师喝茶，他已经预测到今天巳时有两位重要客人来访，一位大约六十八九岁，另一位大约三十五六岁。他们带有重要的使命，第一站必定会来金佛寺。

“善哉，善哉。我与邵华泽已是忘年交。前几日他在这里喝茶，已经预测到你们今天会来，看来这再次应验了邵华泽的‘他心通’。”

康酷越发觉得邵华泽神奇，中国文化丰富，中国智慧伟大。这一切又给他的“若婵灵魂复活计划”增添了信心。

他急切地问空无大师：“什么是‘他心通’？”

“阿弥陀佛！‘他心通’是佛教中的‘五眼六通’之一。”

空无大师接着说：“所谓‘五眼’是指：肉眼、天眼、慧眼、法眼、佛眼。”

大师喝了口茶接着说：“所谓‘六通’是指：神足通、天眼通、天耳通、他心通、宿命通、漏尽通。‘神足通’是禅定中阴身已经完全脱离肉身束缚时所展现的神通，想到哪即可到哪，完全随心所欲，境界是非常不可思议的。‘天眼通’是五眼中之天眼，修习禅定日久功深者，多半拥有天眼。故《金刚经》说：‘若见诸相非相，即见如来。’即不论你看到了什么，是好、是坏、是美、是丑，统统不要执着，如此则能自然而然地拥有天眼通的能力。‘天耳通’是能够听闻一切音声。‘他心通’是指能够知悉别人心中所思所想。‘宿命通’是指能够知悉一切众生的过去未来。也可以说能够知道过去的三世因果，也能够知道未来的吉凶祸福。‘漏尽通’即一切圆满无漏的神通境界。”

空无大师又解释说：“邵华泽已经达到了他心通的境界。”

“看来佛教哲学，博大精深。邵华泽的功夫了得！”

康酷内心对邵华泽更加肃然起敬。

空无大师对范宇和康酷说：“华泽住在红云金顶九皇洞附近。他在那里等着你们呢。”

康酷又惊又喜，情不自禁地说：“非常感谢空无大师的指点和帮助。滴水之恩，当涌泉相报！”

“阿弥陀佛！一切善法，皆为因果。不必客气！”

他们二人准备起身与空无大师告辞，空无大师突然说：

“范宇教授书画了得，何不留下墨宝？”

范宇教授一听十分高兴，“好！恭敬不如从命！今天在大师面前就‘班门弄斧’啦。”

范宇教授提笔书写了四个大字：“尽在因缘”！

空无大师看到这四个字与“杯水禅机”放在一起，刚好凑成一联：

杯水禅机

尽在因缘

空无大师满意地点点头说：“阿弥陀佛！禅意深刻……”

山门外，他们致意告别。空无大师双手合十，目送着范宇教授和康酷博士……

攀登金顶，需由右侧沿着从绝壁上凿出的狭窄石蹬，借助铁链，手脚并用才能攀援而上。

他们沿着蜿蜒的山道奋力前行，时而穿梭在茂盛的树林中，时而踏在刚刚返青的、朝气蓬勃的小草上。他们爬了一会，身上已经汗出如浆了，范宇教授拭拭汗，抬头看看，映入眼帘的是一片明艳的世界。

“康酷博士，你向上看，好一幅浓墨重彩、疏密有致的山水画！”范宇教授感慨着。

“这里实在太美了。真乃大美自然！”

范宇教授不禁念道：“脚著谢公屐，身登青云梯。”

康酷接着念道："半壁见海日……"

范宇跟康酷两人一起念道："空中闻天鸡。"

"哈哈哈！李白这首梦游天姥，放在这里实在太合适不过了。"范宇教授说。

他们走走停停，谈笑风生，边走边赏美景，顾不得腰酸腿软，汗流满面。

快到山顶时，康酷实在有些体力不支，额头上的汗水，顺着面颊流淌下来，气喘吁吁。

"范教授，休息一下吧，我真走不动了。"

康酷羡慕地看着范宇教授，"您简直就是返老还童了，爬了两千多米啦，还兴致勃勃，充满活力。"

"哈哈！康博士，上山时我忘告诉你了，爬山也有爬山的'道'，懂了就不会太累。"

"哎呀，还有爬山之道？我想听呀。"

范教授看着康酷迫不及待的样子，说：

"好吧，我把秘密传给你。简单说就三点：第一，思想上必须战胜大山，把它想象为如走平路。第二，心理上要不断赞美自己，要真诚地夸自己的腿和身体；也要感恩它、感谢它，可以暗自说：'你辛苦了，你真棒！'第三，爬山修禅法：迈左脚想左脚，迈右腿想右腿，腿腰结合，以腿带腰，用腰带腿，暗走太极，自然呼吸。"

"噢，明白了。天下万物皆有道！刚才我看您爬山的样子挺特别，还想问呢，我现在就实践……”

“其实，爬山犹如人生。善于爬山的人从不怕山有多高，路有多险，只管盯着既定的目标奋勇前进，不犹豫、不气馁、不放弃。心里怀有坚定的信念，即使再高再陡的山，也阻挡不了他前进的步迈。”范宇教授一语双关地说。

“我非常喜欢您这番话！”康酷说。

“哎！范教授，非常灵验呀，我刚夸了自己几句，腿也不那么疼了，好像更有力量了。”

“哈哈！这就是‘道的力量’！”

范宇教授话音刚落，康酷兴奋地说：“看，范教授，我们到红云金顶了！”

红云金顶，是梵净山的最高峰，海拔2494米，山峰拔地而起，一个巨大的擎天石柱高耸入云，百里以外遥望，如玉笋插天，其顶部常有云雾缭绕。

此时此刻，晚霞染红了整个天空，红云瑞气，围绕四周，红云金顶仿佛一支熊熊燃烧着的火炬，给予康酷无穷无尽的力量……

范宇教授站在山顶极目远望，那山峰逶迤，红云缭绕，朦朦胧胧，令人无限遐想。

他充满豪气地念道：“会当凌绝顶，一览众山小！”

康酷接着说：“高处自有风景在！”

这里，我们顺便介绍一下邵华泽。

在读大学期间，他开始把易经、量子理论和人工智能结合在一起，提出了三脑理论：人脑、电脑和易脑。毕业后分到国家信息中心做软件开发师。1995年，他向中心提出了“三脑”研发课题，该课题被列为国家级科研项目。他把研发中心设在了北纬30度的梵净山。

这里提到的北纬30度，主要是指北纬30度上下波动5度所覆盖的范围。这是一条神秘而又奇特的纬线。

北纬30度线贯穿四大文明古国，三大宗教的发源地，也是珠穆朗玛峰的所在地，同时又是海底最深处——西太平洋的马里亚纳海沟的藏身之所。

世界几大河流，比如埃及的尼罗河、伊拉克的幼发拉底河、中国的长江、美国的密西西比河，均是在北纬30度线入海。

古埃及金字塔群，以及令人难解的狮身人面像之谜，神秘的北非撒哈拉沙漠达西里的“火神火种”壁画，死海，巴比伦的“空中花园”，令人惊恐万状的“百慕大三角区”，让无数个世纪的人类叹为观止的远古玛雅文明遗址……这些令人惊讶不已的古建筑和令人费解的神秘之地会聚于此，不能不让人感到异常的蹊跷和惊奇。

而梵净山也处在这个神奇的纬度，这恐怕就是邵华泽选择这里的秘密吧。

邵华泽的三脑实验室在中国计算机中心和W公司的支持下，于2000年5月开始筹建。也正是那一年，邵华泽离开了国家信息中心，在梵净山一待就是十几年。

一年前，他得知了康酷的“若婵复活计划”，深知这项研发计划对中国人工智能的发展和世界文明的发展具有重大的推动作用，于是默默关注着康酷的进展。

邵华泽分析，康酷的“若婵灵魂复活计划”一定会遇到困难。于是当他知道康酷和范宇教授在寻找他的时候，他悄悄地给范宇教授的同事，研究邵雍的教授透露了一点消息。邵华泽一测，就算好了他们二人应该到的时间。这正是“学会奇门遁，来人不用问”的道理。

范宇教授和康酷博士到了红云金顶后，正计划寻找九皇洞，康酷忽然看到一中年男子：身穿藏蓝色长衫衣，脚穿藏蓝色布鞋，在清风中飘然而来。只见他凤目疏眉，面色红润，神态飘逸，清秀儒雅。

康酷眼神充满惊喜，“范教授，快看。”

范宇教授回头凝神一看，“这不就是邵华泽先生吗！”

康酷疾走几步过去，“您好！您是……”

“您是康酷博士吧？”邵华泽面带微笑问。

“太好了，终于找到您了。”康酷握着邵华泽的手激动地说。

“这是范教授。”康酷转身向邵华泽介绍。

“史前文明研究专家。”邵华泽加了一句。

邵华泽与范教授也热情地握了握手。

“山路陡峭，狭窄难行，你们一路辛苦了。先到寒舍暂做休息。”

康酷、范宇激动得早把疲劳忘到九霄云外了，紧跟着邵华泽，好像一步跟不上，他就要丢失了一样。他们沿着羊肠般蜿蜒的山路，循着叮叮咚咚的流水声转山而上。

“这里无论春夏秋冬，泉水不断，旱天不减，涝天不涨。”邵华泽边走边指着山泉介绍着。

范宇教授接着说：“这就是‘金生水’的哲理呀。”

他们刚转过一道山梁，猛然，有一堵峭壁立于眼前，高度大约三米有余。邵华泽停住了，对着康酷和范宇教授说：“你们二位就沿这条小路上去。我在上面等你们。”话音刚落，他俩还没反应过来，只见邵华泽身体轻轻向上一跳，身轻如燕，健步如飞，手揪着树枝，脚踩着石缝，两个大步就上了山崖。

范宇教授对康酷说：“这叫轻功，也叫飞檐走壁功。”

康酷已经惊讶得目瞪口呆了，心想：“他到底是人还是仙？”

“这是我的修行处，我很少让人来这里。二位请！”邵华泽站在洞口旁。

这是悬崖壁上的一个山洞，康酷走到洞口前停住了，好像有一种神奇的感觉油然而生，仿佛走入了美妙空幻的神话仙境里。

山洞门前是不足 2 米宽的小石路，靠近悬崖一侧垒了 1.2 米高的围墙，围墙下面就是 2800 多米的深渊。他心想，这里简直就是神仙住的地方。

他慢慢走进洞内，扑面而来的是令他陌生而又喜欢的味道，那是奇异的沉香夹杂着山间森林的自然味道。小屋不大，约28平方米左右，首先映入康酷、范宇教授眼帘的就是正面那张桌子，上面设有祭奠祖宗的祠堂：供着先人、祖宗的牌位。墙壁上用树皮条编制的边框里，有他俩熟悉的神奇符号。洞的右侧是山石垒砌的石床，石床上有一个柏木制的床板，上面是白色的床单和被子，虽然简单，却整洁自然。

邵华泽指着墙上的图案说："这是我祖先传下来的，是我们家族的符号和图腾。"

范宇教授插话说："这是'契刻符号'和'龟背八卦图'，距今大约9000年了。"

邵华泽用佩服的眼神看着范宇教授说："可能时间更长一些。"

邵华泽说完，范宇教授会意地点点头。

此时，范宇教授更加确信——邵华泽乃邵雍的继承人。

邵华泽是北宋大师邵雍的第30代传人。他自幼就在嵩山少林寺一带修炼，修炼佛家和道家神功。研读易经八卦、奇门遁甲、六壬四柱、铁板神数；还继承了祖上留下的"还魂技术"，他具有通灵的功能！他在大学期间，就把易经、量子基因和人工智能相结合，创立了人脑、电脑、易脑"三脑合一"的"超弦灵魂"理论。

忽然，康酷对印有太极八卦图案的圆形坐垫产生了好奇，指着问："这是……"

"这是我打坐修行的道场，这下面有一个不知道有多深的小洞，我的师父告诉我，这是地球的一个极点，在这里修行，才有巨大的能量，能与宇宙万物融为一体，达到天人合一。若婵的灵魂复活，也必须达到天人合一时，才能真正获得宇宙的正能量。"邵华泽有意识地点化着康酷。

康酷听了邵华泽这番话，像触电一样，心猛地一惊，心想："原来他早就知道'若婵灵魂复活计划'。"

此时的康酷，已彻底被中国古老的智慧折服。

范宇教授一听邵华泽提到了若婵，他就直接把话题引到主题上，"这次来，就是希望邵华泽先生帮助我们实现若婵灵魂复活的计划。"

邵华泽沉默了片刻，说："灵魂复活很神奇，特别是还魂技术甚是复杂。我们祖上有家训：不可外传、不可泄露天机。"

康酷和范宇教授听了邵华泽的话，心一下子被揪住了，用期待的眼神看着邵华泽，像病入膏肓的病人正期待着名医的妙手回春……

"这样吧，今晚你把我需要的若婵的重要数据提供给我，我测算后，再做最后的决定……"

<二十>

大家还记得前面提到的圣殿光明会吧，他们也在全力以赴搜寻着邵华泽的下落。

这个组织是由詹姆斯发起的，由另一批科学家组成。这个组织有一个惊天的秘密：他们要控制人类！

他们相信：未来是智能机器人控制人类的时代。他们企图控制智能机器人，那意味着也就控制了人类。

他们认为，机器人的智力远远超过人类，他们要建立控制全球智能机器人的组织，从而实现控制人类的目的。

然而，如何才能完全控制智能机器人呢？

这批科学家的思路是：宇宙就是一个大脑，而人的大脑与宇宙这个大脑具有同构性，人类是通过“超弦密码”控制宇宙大脑的。他们只要找到了这个神秘的“超弦密码”，给它足够的能量，就能将智能机器人和宇宙大脑连接起来，并能控制人工智能和宇宙大脑。

圣殿光明会的第一头目就是詹姆斯。他深信在中国的古老智慧中能找到这个“超弦密码”。他们知道邵华泽很可能就掌握着“超弦密码”。他们要不惜代价找到它。詹姆斯已经巧妙地获取了JOE的充分信任，他要充分利用若婵灵魂复活的机会弄到“超弦密码”。

当然，圣殿光明会先要全力以赴去搜寻神秘的邵华泽。他们到嵩山已经有一周多的时间，仍然一无所获。有一种说法是邵华泽在某个山洞里闭关修炼呢，与世隔绝了；还有一种说法是，他早已离开了嵩山，去向不明。这种不确定的信息让詹姆斯坐立不安，心急如焚……

关于邵华泽的资料，詹姆斯在办公室整整研究了一天。他放下手头的文件，站起来伸了伸懒腰，推开落地窗，眺望着远处林立的高楼。街道上车水马龙，熙来攘往的人群，仿佛潮水一般。夕阳的霞光照在一旁的金融大厦上，放出金黄色的光芒，冲破云霄，像夜空的闪电一样，亮得让他都睁不开眼。

他转过身走到酒柜旁，倒了半杯苏格兰威士忌，刹那间，独特的焦香气味弥漫在房间的每个角落，这是他最喜欢的感觉，常常用它来催生灵感、提神醒脑。他端起清澈透明、棕黄带红的“生命之水”，深深地闻了一下，浓浓的酒香犹如美妙的乐音回荡在他那幽深的灵魂里，他瞬间有了微微的轻松感。他想起了雨果的一句话：

“上帝创造了水，而让人类用它去创造了酒。”

他自言自语地说：“人类造酒的好处实在太多了。”

他拿起电话，拨通了JOE。

“亲爱的JOE，康酷有什么消息吗？”

“没有，詹姆斯先生。他外出已经一周了，目前还没有他的任何消息。他的手机也一直不在服务区，无法定位他在哪里？”

“知道了。你要全力以赴寻找康酷的消息，一有什么情况要马上给我通报。”

詹姆斯放下电话，他的第一感觉是，康酷可能已经找到了邵华泽。下一步的重要任务就是盯好若婵的动向……

詹姆斯表面上看，是GTI的二号人物，是德高望重的科里克主席的得力助理。是一人之下，万人之上的权威人物。是基因工程和宇宙多维空间研究的专家。但没有人知道，他又是国际邪恶组织“圣殿光明会”的核心领导人。

“圣殿光明会”是什么组织？

要说清楚这个组织是非常困难的。一般来说，一个严密的组织，具备四大特征：

第一，明确的目标和信仰。

第二，内部宗教般的仪式。

第三，稳定的结构和责权关系。

第四，丰富的资源和财富。

这些，该组织一应俱全……

“圣殿光明会”是非常严格的组织。目标非常清楚；内部具有宗教般的仪式和领导结构；他们具有非常丰富的资源和财富来源。

他给“圣殿光明会”制定的目标是——通过人工智能技术打造一批“智能机器傀儡人”，用以颠覆现有人类社会秩序，控制地球，控制宇宙这个大脑。

不过，他深知，要想实现这个目标，最大的障碍就是找到连接人的灵魂、智能机器人和宇宙之间的“超弦密码”。

<二十一>

在邵华泽的研究体系里，是把人、宇宙、量子基因和神秘的易经原理连在一起的。他最喜欢用老子《道德经》的宇宙观进行解释："人法地、地法天、天法道、道法自然。"

人是小宇宙，人这个小宇宙与自然这个大宇宙存在着同构全息关系。在天成象，在地成形。大宇宙有的，人这个小宇宙也都有。这也叫天人合一。

一般来讲，一个人每60天里，只有三天是"天人感应"的最佳期，也叫"容管生命期"。而且，"容管生命期"因人出生的时间、空间、基因的不同而不同。

邵华泽根据康酷提供的若婵的重要信息，花了近一夜的时间终于算出了若婵的"容管生命期"。

第二天早上天刚亮，邵华泽就拿起电话打给了康酷：

"康博士，若婵的灵魂最佳植入时间算出来了，从今天算，是在第 29 天的午时。时间非常紧，我们有很多任务要去完成。”

康酷听后立刻计算，感谢上帝保佑，刚好是 18 个月的倒数第三天。

“好的，我们康酷客团队全力以赴配合您工作，您就安排工作吧！”

“好。我们马上行动！上午九点零八分我带你们到我的实验室，共同制定方案。”

康酷一听邵华泽答应了请求，愿意一起实现若婵灵魂复活的伟大梦想，他本不平静的心里，立即荡起了新的波涛。他似乎看到了人类有史以来最神奇、难度最大、精度最高的灵魂复活工程呈现在了眼前，他最心爱的若婵正扑向他的怀抱……

康酷、范宇教授被安排到了邵华泽的接待中心。房屋坐落在山峰脚下，这里三面环山，是山顶少有的一块空旷的风水宝地。

天刚刚亮，康酷简单洗漱后，走到了门外，范宇教授已经在门外空旷的地方修炼他的八段锦了。康酷走在草丛中，烟雾缭绕，似在云中漫步，他深深地吸了一口山间的空气，好像清泉沁人心肺，全身有如释重负之感，一下子轻松了许多。

他举首北望，远处连绵起伏的山际线，犹如美妙的大自然音乐五线谱曲线，初春返青的小草、溪水和山石，宛如一个个充满神秘色彩的音符。晨风微微地吹着，鸟儿快乐的啼鸣声，好像从远方传来的和谐而神秘的竹笛声。这让康酷仿佛置身于大自然的音乐厅，而不是在山顶的田野中。他再次感受到了造物主的神奇和伟大。

此时此刻的康酷，完全达到了天人合一的大美境界！完全与他最爱的若婵的灵魂融为了一体。

慢慢地，早晨的太阳露出了笑脸，万道霞光洒满了整个山间，照在了康酷自信的脸上，五彩斑斓，这张脸越发显示出了生机和希望……

康酷在心里念道："亲爱的上帝，万能的造物主，请保佑我们实现若婵灵魂复活的伟大计划！我要为人类造福……"

"康酷博士，我们已经出来一周了吧？"

范宇教授的问话打断了康酷的思考，马上回复说："刚刚一周。北京团队还不知道我在哪呢。"

"可以通知他们做好一切准备！因为邵华泽先生的鼎力支持，离我们实现目标又近了一大步。我们准备一下，邵华泽先生快要过来接我们了。"

九点零八分，邵华泽准时带着他们出发了。他们沿着蜿蜒崎岖的山路时上时下地走着，耳边传来小鸟婉转的啼鸣声，明媚的阳光照在满山间，展示着蓬勃而旺盛的生命力。

他们转过一道山梁，走到了一面峭壁前，刚一转弯，眼前一片开阔，走到枝叶茂盛的一大片树林前，邵华泽停住了。

此刻，康酷觉得神秘而熟悉，刹那间他回想起了进入苏门山前的那个八卦阵。

邵华泽指着树林说："要进我们的实验室需要经过三道关：第一个就是眼前的八卦阵。表面看这里就是普通的树林，有乔木、灌木和花草，但里面深藏着外人不知的秘密。"

康酷插话说："就是奇门遁的八门吗？"

"对！这里走不对是进不来的。"邵华泽解释说。

"你们跟我来。"邵华泽边说边带着他俩往里面走，S 型的小路，犹如穿越时间虫洞一样，短短的几十米仿佛就把过去与未来重叠在了一起。

走出树林，映入康酷眼帘的就是前面的八角钻石型实验室。从远处看就像一个八卦型的飞碟，外壳是由特殊金属材料制成的。屋顶是一个太极型的椭圆球体。康酷参观过世界十大顶级实验室，比如美国贝尔实验室、劳伦斯伯克利国家实验室、林肯实验室、橡树岭国家实验室、阿贡国际实验室、冷泉港实验室（杜威·沃森是负责人，在这里发现了 DNA 双螺旋结构）、费米实验室等，却在这里被华泽实验室的外观设计吸引住了。

邵华泽指着实验室说："这就是我们的八卦实验室。你们注意到那个太极形状的椭圆球体了吗？"

康酷正想问这个神奇的设备有何用途呢，只听邵华泽介绍道：

"这不仅是高倍射电望远镜，而且也是宇宙射线智能供电系统。"

听到宇宙射线供电系统，康酷十分好奇地问：“宇宙射线也能发电？”

“对！它与太阳能发电比较有更多优点，它不受白昼和天气影响，只要宇宙存在，射线就在，我们把射线放大 1500 万倍，能为实验室提供全天候 24 小时的连续智能发电。”

“这简直就是一场新能源的革命呀！太神奇了！”康酷听完邵华泽的介绍后，兴奋地说。

接着，邵华泽走到实验室门前，嘴里念道，“唵折戾主戾准提娑婆诃”(大概的读音是：ōng zhé lì zhǔ lì zhǔn tí suō pó hē)。邵华泽声音刚落，实验室门开了。

邵华泽边进边解释说：“这是进实验室的第二关，这是咒语控制门，不懂我们设计的咒语是打不开的。”

他们三人走进后，外面的大门自动关闭了。

“最后一道关就是脸部识别自动门了。”

邵华泽说着，站在了门前，门自动打开了，康酷博士和范宇教授紧随邵华泽走进了实验室。

走进神秘实验室，里面的设计顿时就让康酷惊呆了，他仿佛进入了宇宙太空。科幻般的技术操作台前，工作人员都在聚精会神地工作着。

邵华泽简单介绍了他的八人研发团队。特别介绍了他的两个徒弟：一个是智能机器人专家；另一个是宇宙学和星宿学的专家。

康酷环顾了上下四方后感慨地问："邵先生，实验室研发的定位是什么？"

"这是天人合一的三脑实验室，即人脑、电脑和易脑。我们的研发目标就是让全人类健康长寿。马云改变了人类的购物方式，而我们要改变人类的健康方式，让人类无病、无痛、长寿。"

邵华泽沉思了一会儿，继续说："你们康酷客团队已经为人类创造了奇迹！若婵机体的复活已经重新定义了智慧机器人。我特别赞同您和科里克教授给新若婵的定义——'新智人'。我认为，你们提出了未来人类新的发展方向和新理论——'人类三理论'。我认真研究了你们的这个人类三理论，观点特别新颖，并且非常有价值。"

康酷心想，邵华泽太了不起了，我们的情况他了如指掌。此时，康酷灵光一闪，急切地说："邵先生，范教授，刚才我突然发现，康酷客的研发和邵先生的研究之间有非常大的互补性。比如，我们提出的'人类三理论'，如果结合着邵先生的'三脑理论'，我们的理论就更加完善而全面了。你们看，生物人对应的是人脑；智能机器人对应的是电脑；而新智人则对应的就是易脑。"

邵华泽高兴地说："非常好！康博士，你的这个观点非常有意义、有价值。这次若婵灵魂复活的问题，我们的逻辑基础就是易脑。我深信，随着若婵的灵魂复活，我们的易脑理论也将会得到巨大的飞跃和提升。”

康酷听到这儿，异常兴奋，又向邵华泽强调道：

“也就是说，若婵灵魂的复活的就是运用易脑原理的结果？”

“康博士，若婵灵魂的复活工程是人类发展史上的一大创举，是一个巨系统工程。除了易脑理论外，还有三个非常重要的技术和手段。”

康酷、范宇教授用期待的眼光看着邵华泽先生。

邵华泽接着说：“我带你们来实验室的目的就是要向你们一一介绍并商量这项灵魂复活的系统工程和技术方法……”

<二十二>

邵华泽走到易脑控制主机前，边操作，边解释："这三大技术第一是'天人感应技术'。可以概括为地上的'四象'，大家都知道的左青龙、右白虎、前朱雀、后玄武。它刚好对应着天体的二十八星宿。这是灵魂复活的关键因素之一。因为，人的 DNA 也有四个碱基对 A、G、C、T 受着四象二十八星宿的影响。一会儿我会展示给你们看的。"

邵华泽停顿了一下接着说："另外一个关键就是'共振波技术'。我们要把若婵植入梅尔卡巴能量场中，通过休曼波达到生存基因和灵魂基因的量子频率共振，这就是若婵的'超弦密码'。"

说到这里，康酷急切问："超弦密码就是您的家传吗？"

邵华泽说："康博士，这是一种误会。我们家传的不是超弦密码，而是计算超弦密码的方法。超弦密码因人而异。"

邵华泽这句话，对康酷而言无异于醍醐灌顶！

邵华泽接着说：“最后一项就是基因匹配技术。这个工作非常复杂，需要打开若婵的DNA，与若婵父母的DNA、若禅祖父、祖母和外祖父、外祖母的DNA对比。这一步非常重要，不能有纳米级的差错，否则，灵魂基因就无法植入机体。”

邵华泽说完，打开了四象二十八星宿的天人感应系统。

“你们先感受一下四象二十八星宿的天人感应技术吧。”

这时，灯突然灭了，实验室一片寂静，慢慢地，光芒逐步代替了黑暗，整个实验室就像浩瀚无垠的宇宙。太阳系及太阳系外的星系和行星，使得美丽多姿的星空，耀眼夺目，闪烁着无限的光芒。

顷刻间，大地仿佛在颤抖，左边慢慢呈现出青色的巨龙似的形状，顺着光线看去，天上左边也出现了极似龙形的七星宿。

这时，邵华泽向他俩介绍说：“这是左青龙对应的七颗星宿——角、亢、氐、房、心、尾、箕，从字义上就可以看出来，角是龙的角，亢是颈项，氐是本、是颈根，房是膀、是胁，心是心脏，尾就是尾，箕是尾末。”

邵华泽又接着说：“农历的二月初二，民间称‘二月二，龙抬头’，就是指的左青龙的七星宿呈现，它象征着春回大地，万物复苏。”

接着，在实验室的右侧又出现了白虎象。天空中也出现了西方七星宿：奎、娄、胃、昂、毕、觜、参。

邵华泽继续向他们介绍着："这是白虎对应的西方七星宿。西方在五行中属金，五色中代表白色。所以，也叫白虎。白虎也代表战神、杀伐之神。白虎具有避邪、消灾、祈丰及惩恶扬善、发财致富、喜结良缘等多种神力。"

接着，实验室的南北又出现了南朱雀和北玄武的象和星宿。

朱雀又可说是凤凰或玄鸟。朱雀是四灵之一，和其他三种一样，它也是出自星宿的，是南方七宿的总称：井、鬼、柳、星、张、翼、轸。联想起来就是朱雀了。朱为赤色，像火，南方属火，故名凤凰。它也有从火里重生的特性，和西方的不死鸟一样，故又叫火凤凰。

北玄武是一种由龟和蛇组合成的灵物。玄武的本意就是玄冥，武、冥古音是相通的。武，是黑的意思；冥，是阴的意思。对应的七星宿是：斗、牛、女、虚、危、室、壁。

看着这些变化莫测的星空和二十八星宿，康酷和范宇教授完全陶醉在了其中，仿佛完全置身于茫茫的太空，体验着天人合一和超弦多维宇宙的奥秘。

突然，天空出现一个形似闪电的M弦状星光体，一闪一灭，忽明忽暗，接着传来一阵嘀嘀的声音。

"快看，一个明亮的曲线。"康酷惊讶地喊着。

邵华泽循声望去，仔细一看，微微一笑，带着神秘的眼光瞥了一下康酷和范宇教授，继续操作易脑控制仪。

康酷博士看到邵华泽神秘一笑，没有说话，更加好奇。他看了看身边的范宇教授，“您觉得那是什么呢？”

范宇教授会意地笑笑，“那可能是……”

康酷正想听范宇教授的判断，这时那个“M 弦星光体”一下子模糊了，消失在无垠的天空中……

邵华泽关闭了四象二十八星宿实验，打开实验室的灯光，向康酷和范宇教授继续介绍着：

“M 型星光体就是灵魂，这是超弦态。人死后灵魂是存在的，不会消亡，只是进入了多维的宇宙。灵魂复活就是脑场（星光体）、生存基因与灵魂基因‘M 型星光体’在四象和二十八星宿的能量场的影响下，建立量子关系，发生超弦共振状态，量子基因发生缠绕。所谓超弦共振，就是您说的‘超弦密码’。它需要在‘梅尔卡巴场’和‘休曼波’中，让若婵自身的量子基因达到宇宙人体超弦共振。这样灵魂就复活了。”

邵华泽稍稍停顿了一下，接着说：“按八卦原理：太极生两仪，两仪生四象，四象生八卦，八卦定乾坤。这种演化的规律，决定着天人感应的原理。人体的 DNA 序列中，刚好有四个碱基——A 腺嘌呤、G 鸟嘌呤、C 胞嘧啶、T 胸腺嘧啶。有趣的是，它们的互补配对法则与太极八卦高度一致。宇宙对先天四象的 DNA，与后天四象的 RNA 双螺旋链的影响主要来自地上四象（左青龙、右白虎、前朱雀、后玄武），以及对应的二十八星宿的引力场和能量场的作用。”

“解决若婵的生存基因与灵魂基因共振，也就是说，让若婵灵魂复活的关键，就是要在四象二十八星宿和休曼波、梅尔卡巴能量场中进行？”

康酷急切地问邵华泽先生。其实，这就是摆在康酷客研发中心前面的最大难题。

“康博士，只有这样，才能让若婵的灵魂复活。”邵华泽进一步强调天人感应技术。

范宇教授听了邵华泽的介绍后，脑海中也迸发出许多感想。范宇教授插话说：“邵先生，通过刚才的天人合一的体验，让我想起道家关于生命哲学的观点，它是否对若婵的灵魂复活有所帮助？比如人的形体来自于父母，而人的精神或灵魂却来自于人体以外的大自然等观念。”

“对！其实道家的这个观点，它和易经原理是我们祖先‘还魂技术’的两个重要支柱。”邵华泽说。

范宇教授插话说：“那我就更清楚了。道家关于人的精神比形体更重要的结论是很有价值的。在道家智慧里，形体是存在的低级形式，像一个容器，而精神则是这个容器中存在的高级形式。”

“道家还有一个观点对我们非常有价值。道家的修炼，就是修炼精气神，而不是肉体。人通过自觉修炼，不但可以使体内的精气神三者凝聚为一体，而且能使精神与宇宙自然相通，获取日月之精华、天地之灵气。”邵华泽说。

此时的康酷，已经深深被邵华泽、范宇教授的对话内容吸引，仿佛他与若婵的灵魂在宇宙中达到了高度的融合，两颗相爱的心也紧紧地连在了一起……

邵华泽与范宇教授越聊越兴奋，邵华泽完全打开了话匣子。

“前段时间，我专门研究过康酷客团队的研发成果和目标。我认为，我们今天研究人类的起死回生问题，灵魂复活问题，是关乎人类未来的重大课题，是中国对全人类的重大贡献。”

邵华泽接着说：“我想再补充一点，若婵灵魂的复活是她自身的造化，是道法自然的结果，不是我们的技术有多么高超。如果她没有这个造化，老天爷也没办法。凡事能否成功，就看是否符合大道。”

邵华泽说着，走到中医系统图旁边，指着中医宇宙系统图说：

“你们看，中医理论中，最大的智慧就是天人合一。天人合一了，人、自然就健康了；包括灵魂的植入，不仅需要人打通任督二脉，更需要达到天（大宇宙）、人（小宇宙）和谐。”

范宇教授说：“中医关于健康的基本原理就是‘气’，包括养气、调气、理气。中医这里说的‘气’其实就是精神生命体。它不以有形的方式存在，而且以无形的方式存在。精神生命与肉体生命的关系是相互影响的，但中医更强调精神生命对肉体生命的决定性影响。”

康酷认为，他们谈的古老的中国智慧，恰好与当代最前沿的量子理论不谋而合。

“邵先生，中医的这个观点让我肃然起敬。以后我决定要好好学习中医、易经和道家理论，这实在太有价值了！跟量子力学现在的结论是一致的。最近，关于量子力学中的弦理论认为：万物的源泉是弦，弦就是灵魂或意识。意识组成了物质，意识对物质具有决定性作用。”

此时此刻，康酷、范宇和邵华泽完全陶醉在东西方文明的结合中。他们似乎发现了一个巨大的秘密：

人类今天的科学恰好论证了中国古代智慧的精辟和伟大！

<二十三>

邵华泽、康酷十分清楚：若婵从肉体到灵魂的复活就像人造一个小宇宙，从宏观到微观，从恒星、星系到原子、原子核、中子、质子、夸克，要完成超弦的连接，这是何等的困难！

不管是灵魂基因，还是生存基因，在最微观的世界里，都是振动的量子，这个量子就是“弦”。不同振动频率决定着生存基因和灵魂基因的状态和性质，当生存基因和灵魂基因的弦振动频率共振时，二者就会结合。这就是基本闭合弦的共振原理，也是若婵灵魂复活的关键。

摆在康酷面前的难题是，目前所有的西方科技都无法完成生存基因和灵魂基因的弦振动频率共振，更不清楚这个共振频率是多少。按康酷和科里克教授的观点，这个共振频率就是“超弦密码”。

他们有共同的看法——只有从中国古老的智慧里才能找到

解决方案。

邵华泽明白，要解决这个问题，实现频率共振，关键要解决四象二十八星宿、休曼波和DNA与灵魂基因的一致性问题。

邵华泽认为，只靠他个人的力量是不够的，需要联合康酷的研发团队来一起挑战人类最大的难题。

邵华泽与康酷、范宇教授一起商量着“若婵灵魂复活计划”。

“康博士，若婵灵魂植入机体的‘容管期’只剩下25天，时间非常紧张。我们还有一项最艰巨的工作需要完成，就是检查若婵和他们家族的DNA。我们需要两个团队的结合，需要优势互补，一个团队是难以完成这项工程的。”

“好的，我们的团队已经准备好了。”

“我想再强调一下，这是一项复杂而细致的工作。我们还要检查现在的新智人若婵的DNA与原来若婵DNA的高度一致性问题。同时还要打开她父母、祖父、祖母，以及外祖父、外祖母的基因，一一展开对比。如果没有任何问题，我们在容管期，将若婵在梅尔卡巴能量场中，利用四象二十八星宿和休曼波的作用，来实现若婵的生存基因和灵魂基因的弦振动频率共振，解决若婵灵魂复活的难题。如果新智人若婵的基因有一点点的缺陷，灵魂就无法植入机体。”

第二天，按邵华泽的计划，全天就要解决若婵DNA图谱的对比工作。一大早，他们就都到了华泽实验室，开始了这一天重要而紧张的工作。

邵华泽打开了易脑基因成像仪，把易脑接入康酷提供的若婵家族的基因数据库，全神贯注地盯着仪器上呈现的复杂的DNA 图谱。

邵华泽一边操作，一边给康酷、范宇教授介绍：

“如果我们不用易脑基因成像仪来做对比，即使借助目前最尖端的计算机来检查，也需要近一个月的时间才能完成这项工作。而若婵灵魂的最佳植入时间只剩下 24 天了。现在用易脑来检查，最多七八个小时就能完成。易脑的基本原理不是按时间逻辑顺序来检查的，而是按立体八卦球体原理同时展开，只要有纳米级的错误，它都会检查出来。”

邵华泽做介绍时，康酷心想：“基因工作我们做得万无一失，不会有任何问题，我们是多国科学家共同参与这项工程的。”

刚想到这里，意外发生了。易脑基因检测仪突然发出“嘟—嘟—嘟”的异常声音。

这种声音对邵华泽来说是非常敏感的。他的心一下子提到了嗓子眼上，“有问题！”他一个箭步跨到基因显示屏前。瞬间，紧张的氛围弥漫着整个实验室。邵华泽屏住呼吸，全神贯注地盯着忽明忽暗的屏幕上的图形。

康酷顿时心跳加快，血液紧张得仿佛就要凝固，实验室陷入寂静中，好像只能听到大家快速的心跳声，所有工作人员都惊呆了……

“你们快看！”邵华泽的声音几乎提高了八度。

康酷、范宇教授迅速走到屏幕前，康酷紧张得半天才挤出一句话，“什么问题？”

邵华泽没有说话。片刻后，邵华泽抬起头用疑惑的眼神对着康酷和范宇教授说：“非常奇怪！在若婵父亲的基因图里，发现了非人类的基因符号。你们看。”

邵华泽边说边指着这个一闪一闪的符号。

“怎么像河图洛书呢？”范宇教授疑惑地说。

“对！这种符号在人类基因图谱里是没有的。这还不是关键问题，现在最麻烦的是，在若婵的基因图谱里没有这个基因。”

“这将出现什么结果？”康酷急切地问。

邵华泽还没来得及回答，又有惊奇的新发现，“快看，若婵的祖母基因图谱中也发现了这个符号。”

范宇教授喃喃地说：“我猜测，若婵家族隐藏着什么天大的秘密！”

邵华泽与范宇教授两人对视了一下，邵华泽会意地点点头。

范宇教授心想，莫非若婵的家族与星外文明有关？想到这里，范宇教授后背督脉里好像有一股寒气冲上来，让他猛一哆嗦，作为史前文明符号专家的他不敢再想下去了。

邵华泽突然从座位上站起来，非常坚定地说：“康博士，范教授，我的意见是，第一，尽快让新若婵和康酷客主要研发团队过来；若婵的灵魂植入工程就在这个实验室完成；第二，让基因组配合，尽快从她的祖母基因里获取这个‘特殊基因’。”

邵华泽停了一下又补充了一句：“这个特殊基因不植入若婵机体，就意味着灵魂基因与生存基因不对称，若婵的灵魂就可能无法复活。”

邵华泽的这句话像重重的铅块一样把康酷压得喘不过气来。作为人工智能和量子基因专家，他非常清楚后果多么严重。

他的心早已提到了嗓子眼，堵着他半天说不出一句话。

当听到邵华泽要求迅速从若婵祖母体内取特殊基因时，才勉强挤出一句话：“她的祖母已经去世几年了。”

“她父亲在哪儿？”邵华泽问。

“他父亲在大连。”康酷说。

“要马上行动，就从她父亲的基因里取出这个‘特殊基因’片段，然后在我们的梅尔卡巴能量场中植入若婵的机体里。”

他们迅速制定了若婵灵魂复活方案和特殊基因提取计划。为了确保若婵灵魂复活万无一失，他们把这项工程分成：平行作业、交叉作业、逻辑作业、时间节点、任务标准等。

概括起来有三条关键线路：

第一条线：由中科院和国家基因组配合，把若婵父亲的“特殊基因”片段取出，然后来到梵净山华泽实验室用基因技术在梅尔卡巴能量场中将“特殊基因”植入若婵机体内。这个工作按正常流程预估，需要一到两周时间。

第二条线：新智人若婵及康酷客团队立刻来梵净山，配合邵华泽计算量子基因共振的频率和天人感应的夹角。

第三条线：布置梅尔卡巴超弦能量场。不过这条关键线与第二条关键线是逻辑关系，只有算出结果后，才能布置最佳的超弦能量场（梅尔卡巴场）。

邵华泽把工作安排好后，大家立刻行动起来。

然而，邵华泽有种不祥的预感，他的心一直处在忐忑不安之中……

<二十四>

思妤正在办公室电脑前聚精会神地看着屏幕，忽然听到有人敲门，她用温柔的声音说：“请进。”

她一看JOE进来了，赶快站起来，微笑着对JOE说：“大金融家来了，快快请坐，喝点什么？”

自从思妤与JOE高尔夫球场分手后，她对JOE的印象有了很大的转变，因此热情了许多。

“思妤，这是我从美国专门给你带的礼物。”

“包装这么精美！是什么礼物？”说着思妤就想打开看看。

“No- No! 我走后你慢慢欣赏。”JOE说着，做了个停止的手势。

“我想告诉你马上去梵净山的事情。”JOE说着，坐到了沙发上。

思妤把礼物小心翼翼地放下，给JOE冲了一杯咖啡，“还是你爱的纯黑原味咖啡。”

“谢谢！你冲的咖啡更有味。”JOE 带着微笑接过来，轻轻地抿了一口，“嗯！非常地道！思妤，你怎么安排的？”

“我已经接到康酷博士的通知，中科院基因组明天就给若婵的父亲做特殊基因的提取工作。康博士让我先带若婵后天过去。”思妤说。

“知道了。我已经把若婵的父母安排好了，明天九点准时到达怀柔中科院康酷客实验室。做好后，我力争后天跟你们一起去梵净山，我要见证这个激动人心的若婵灵魂复活的时刻。”JOE 兴奋地说。

JOE 故意提高嗓音说着，并瞥了思妤一眼，“不过詹姆斯先生说，他也想派人跟我们一起过去参加。”

思妤沉默了一下，说：“詹姆斯说谁去了吗？”

“还没说呢。”

“建议你先跟康博士报告一下，他说，这次行动非常保密，去的人是严格筛选的，并要求不能给任何媒体透露。”

“好的，我向他报告。明天早上我们一起去基因实验室。”

第二天一大早，JOE 亲自驾驶着特斯拉行驶在去怀柔科技城的京承高速公路上。思妤坐在副驾驶的位置上，若婵的父母坐在后排。

下了高速，刚进山中，JOE 打开了车窗，一股清新的风扑面而来，顿时，整个车里充满了山中花木的香味，让人心旷神怡。

“叔叔、阿姨，我们马上就到康酷客实验室了。”JOE介绍说。

“非常感谢你们呀。昨晚我们跟新智人若婵在一起，跟以前的若婵完全一样。康酷客的科技研发水平让人惊讶！我跟你们阿姨到现在还以为这是在做梦。难以想象我们的女儿还能复活。据说还有20多天灵魂就能复活了。”

“是的阿姨！这的确是人类历史上的一大创举！连我的导师都认为，灵魂复活是不可能的。”思妤解释着。

“康酷博士是这方面的专家，他结合了中国还魂技术，很有信心让若婵灵魂复活。不过，今天也很重要，必须完成特殊基因的提取。”JOE插话说。

“你知道我身上是什么特殊基因吗？”若婵父亲问JOE。

“思妤是专家，我只是投资人，不懂技术。”

“我也不十分清楚，康博士只说这是非常罕见的‘特殊基因’。”思妤说。

JOE开着车刚一进实验室大院就看到实验大楼门口站着一人，身穿白色大褂，头戴着白色的帽子，带着蓝色的口罩，他看到JOE的车到院后，把口罩摘了下来，往车的方向走着。

“到了，黄主任来迎接你们二老呢。”JOE说着，并小心翼翼地把车停到实验室门口。

基因组的黄主任急忙过来帮助若婵的父母把车门打开，热情地跟若婵的父母一一握手，跟思妤一起带他们走进了康酷客实验室。

关于基因和 DNA 的话题，读者朋友们已经不陌生了。不过，大家并不十不清楚 DNA、基因，以及染色体之间都是什么关系。

其实，基因是具有遗传效应的 DNA 片段。换句话说，基因是 DNA 的一小部分，每个 DNA 上有许多基因。

染色体是细胞核中载有遗传信息（基因）的物质，在显微镜下呈丝状或棒状，由核酸和蛋白质组成。染色体有两个基本类型：性染色体和常染色体。前者控制性联遗传特征，后者控制除性联遗传特征以外的全部遗传特征。

人体共有 22 对常染色体和一对性染色体。

男女的性染色体不同，男性由一个 X 性染色体和一个 Y 性染色体组成，而女性则有两个 X 性染色体。

一条染色体上有许多基因，基因在染色体上呈直线排列。

每一条染色体上只有一个 DNA 分子，染色体是 DNA 分子的主要载体。

每个 DNA 上有许多基因，基因是有遗传效应的 DNA 片段。

研究结果表明，每一个染色体含有一个脱氧核糖核酸（DNA）分子，每一个 DNA 分子含有很多个基因，每一个基因都是 DNA 分子的一部分。

DNA（脱氧核糖核酸）是双螺旋结构。关于 DNA 的双螺旋结构的发现，还有一段鲜为人知的小故事。

故事发生在 20 世纪的 50 年代。当时，摆在全世界生物及化学科学家面前的最大难题是：DNA 到底是什么样的结构？就在这时，英国剑桥大学的一个无名之辈克里克提出了 DNA 是双螺旋结构。据说他是在梦里发现两条蛇相互缠绕在一起而得到启发，醒后大喜，认为找到了答案。他关于 DNA 双螺旋结构的论文发表在《自然》杂志上。

一石激起千层浪，克里克的发现引来了当时欧洲皇家科学院几乎所有权威专家们的抨击和冷嘲热讽。接踵而来的是克里克 人生中各种不幸的出现。在他将要被绝望彻底打败时，一个巨大的人生转机出现了。美国的生物学家沃森证明克里克的发现是正确的。二人因此在 1962 年双双获得了诺贝尔奖。

事实上，科学推动着人类文明的进步。然而，科学的每一个新发现、新进步，无一例外都是科学探索者们巨大付出的结果，其背后都是一部辛酸史。

关于科学是怎么进步的，科学哲学家也有三种基本观点：一是逻辑经验主义和波普尔的科学进步观点，主要强调非革命性，证伪主义。二是库恩的科学革命观，也叫历史主义观点。三是以普特南科学实证论的进步观为代表的科学实证论的发展模式。

书归正传，我们接着来谈 DNA 和基因问题。

DNA 的分子极为庞大，分子量一般至少在百万以上。它由四种核苷酸组成：A 腺嘌呤（脱氧核苷酸）、G 鸟嘌呤（脱氧核苷酸）、C 胞嘧啶（脱氧核苷酸）和 T 胸腺嘧啶（脱氧核苷酸）。

基因排列顺序的不同决定了遗传信息的差异。人的生、老、病、死归根结底都与基因和染色体相关。

人体基因组图谱好比是一张能说明构成每一个人体DNA的32亿个碱基对精确排列的“地图”。这些碱基对以一种特殊方式排列形成人体的10万个基因，基因又成为制造蛋白和化合物的蓝图，蛋白和化合物则负责指导人体细胞和器官的形成和运作。

“人类基因组计划”是美国科学家于1985年率先提出的，旨在阐明人类基因组32亿个碱基对的序列，发现所有人类基因，并搞清楚其在染色体上的位置，破译人类全部的遗传信息，使人类第一次在分子水平上全面认识自我。

为了破译人体DNA分子的全部核苷酸顺序，建立完整的遗传信息数据库，由多国政府支持的“人体基因组计划”在1989年启动，先后有美、英、日、德、法及中国等6个国家参与，并于2003年4月宣布完成人类基因组序列的绘制。

基因（Gene）是指携带有遗传信息的DNA序列，是控制性状的基本遗传单位。基因通过指导蛋白质的合成来表达自己所携带的遗传信息，从而控制生物个体的性状表现。

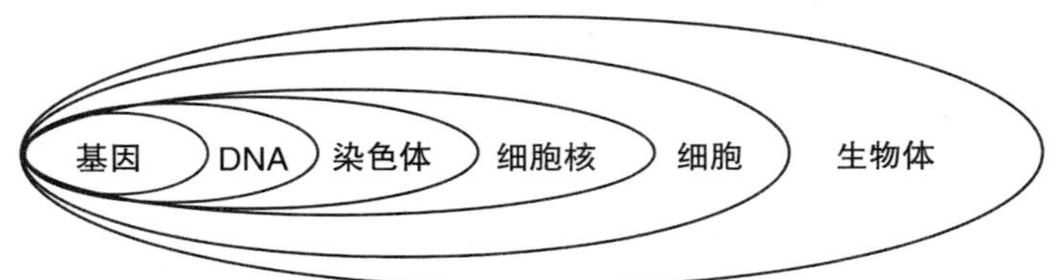

简单可以概括为：染色体是DNA的载体，DNA在染色体上；DNA中又包含基因；基因在DNA上。染色体在细胞核里。

现在大家已经明白：基因是在DNA上的片段。而在若婵父亲和祖母的DNA里发现了“特殊基因”。这个特殊基因呈现着“河图洛书”的形状。这是人类身上所没有的“特殊基因”，引起了康酷博士、邵华泽先生和范宇教授，以及基因学家们的高度关注。

在梵净山的华泽实验室，大家都在紧张工作着。

邵华泽对康酷说：“若婵灵魂复活是一个前所未有的工程，其中有很多不可知因素，对我们大家而言都是最大的挑战。我们虽然有家传的‘还魂技术’，但我也是第一次使用，以前从没有实践过，还不敢说有百分之百的把握。”

邵华泽知道失败的几率很高，有意提示康酷，让他心里有准备。

康酷说：“邵先生，这的确是人类历史上最大的一次挑战。我的导师科里克常说：科学创造犹如攀登喜马拉雅山，成功者往往是勇敢者、永不放弃者！”

范宇教授接着康酷的话说：“我们一起努力，共同克服困难和承担风险！毕竟这是人类的第一次！要创新就会有失败的时候，但无论如何，人类要向往着美好的未来！我们要有为人类拿出原创的勇气和魄力。”

康酷补充了一句：“我不怕失败！我们要坚定不移，共同创造人间的奇迹！”

邵华泽全神贯注地继续注视着易脑的屏幕，他要算出若婵在梅尔卡巴能量场中的休曼波的最佳波长和超弦共振频率。

康酷也在计算机前帮助邵华泽计算着。

邵华泽转过身问：“康酷博士，特殊基因提取得怎么样了？已经两天了吧？”

“基因组正在提取，他们告诉我，专家们用了几种方法都不行，正在尝试最新的方法。”

正在这时，康酷的手机响了，“是思妤的。”

康酷马上接通了。“康酷博士，基因组专家们说，几乎目前所有的方法都使用了，仍无法提取这个特殊基因。”

“什么？所有的方法都试过了？”康酷焦急地重复着。

邵华泽一听更加紧张起来，其实这是他预料之中的。

“你让黄主任接电话。”康酷的声音低沉了许多。

“黄主任吗？……”

邵华泽从电话里已经进一步知道了情况的严重性。

康酷放下电话，整个人仿佛一下子被冷冻了一样，没有表情，几乎没有呼吸，脑中一片空白……

邵华泽沉思了一下，急忙对康酷说：“现在只有让新若婵和主要研发人员尽快到这里，一起找解决方案。还有一点，若婵本人的智商也是过人万倍的，也许会帮助我们发现奇迹。”

<二十五>

“思妤，飞机票已经订好了，新智人若婵、你和我。明天10:25从T3航站楼起飞。康酷博士要求若婵父母就在怀柔中科院实验室待命，他设法跟GTI的基因学家联系，看美国和欧洲是否还有其他办法。”

“知道了，明天我带着新若婵一起出发。”

“好的，司机开车接我们。”

“对了，詹姆斯的人怎么办？”思妤问。

“我已经请示了，不让他们去。”

北京初春的早上，天气特别好，昨晚刮了一夜的春风，今天外面的空气还算新鲜。高速两边的杨树开始呈现出了淡淡的绿意。树枝上星星点点的嫩芽，微微泛着绿光。太阳冉冉升起，照耀在摇摇摆摆地伸展着的树枝上。他们行驶在去往国际机场的高速路上，一道道的光环从车窗外掠过，闪闪夺眼。JOE 的心情跟初春的时节一样，春意盎然。这是他第一次跟自己心中的女神思妤坐飞机出差。他计划，等若婵灵魂复活后就向思妤正式求婚。一想到思妤，他的心立刻荡漾起来……

很快他们到了 T3 航站楼。

T3 航站楼是北京为迎接第 29 届奥运会，由首都机场国际区扩建的，是世界著名的建筑设计大师诺曼·福斯特先生的作品。据说这是福斯特职业生涯中最大的一座建筑。投资约 270 亿元，总体建筑面积达 98.6 万平方米，相当于 126 个标准足球场，是 T1 和 T2 航站楼面积总和的三倍多。

从空中俯视，T3 航站楼就像一条东方的巨龙，从 T3 的这头走到那头，需耗时两个小时。整个建筑由龙吐碧珠、龙身、龙脊、龙鳞和龙须五部分组成。它预示着中国就像这条巨龙，要飞龙在天。

“我们到了，这一路非常顺，竟然没有堵车！”JOE 开心地说着。

“对北京来讲，这实在难得。”思妤随着说。

新智人若婵说：“今天的车流量是平时的三分之一，所以没有堵车。”

“瞧，这就是大数据，立刻能知道交通道路情况。”JOE 转身跟思妤说着，一下子又被思妤的气质吸引了。

今天她显得格外充满活力和性感。高挺的鼻梁上架着淡咖啡色墨镜，上身穿着收腰的深灰色皮夹克，下身穿着紧身深蓝色牛仔裤，配着白色蓝边的运动鞋，推着深蓝色手拉杆智慧型旅行箱。奢华感，设计感，透过科技感的材质，体现着舒适与新颖，与思妤的气质完美地统一起来。

JOE 心想："她实在太有品位啦。"

他们三人穿过悬空的走廊，走进充满科幻感的航站楼的四楼。思妤、JOE、新若婵换了登机牌，托运了行李后，匆匆来到安检处。

JOE 和思妤顺利通过了安检，到新智人若婵时意外发生了。

若婵在通过安检时，屏幕会突然出现过去从未出现过的异常，反复几次都是如此，安检人员非常纳闷，从来没遇到这种情况。

若婵被机场公安带走了，可把 JOE 和思妤急坏了，眼看起飞时间快到了，无论怎么解释，机场公安就是不放行。他们解释说若婵是智能机器人时，公安人员不仅不相信，还误认为 JOE、思妤与若婵三人可能是同伙，不查清就不让他们三人乘坐飞机。

思妤急中生智，马上请他们和中科院领导联系求证，经公安部门证实确认，才特批允许乘坐飞机。

等他们三人刚一落座，飞机就开始启动了，在跑道上跑了一阵子，好像炮筒里积蓄了足够的能量，一发射，这个庞然大物腾空而起，扶摇直上。

新智人若婵对着JOE说："这是C919飞机，实际总长38米，翼展33米，高度12米，共168座。最大运客量190人。标准航程为4075千米。现在飞机起飞时速是每小时270千米，外面天气温度18，湿度45%。"

JOE和思妤为新智人若婵而惊讶，想不到她的遥感功能如此强大！

此时，飞机穿过云层，窗外白茫茫的云朵，像一团团棉花飘在空中。飞机飞出浓雾的云团，思妤被眼前的美景吸引，已经把刚才不愉快的心情全部抛到了茫茫无边的云层中。窗外的蓝天白云映入了眼帘，慢慢地，她感到眼皮像挂了铅球一样沉沉的，她闭上了眼睛，享受着，幻想着……

她驾驶着一艘飞行神物，像《山海经》里的"蛟蛉"，时而直上云天，时而潜入海洋。她穿越了一座座层峦叠嶂的云山，她的心胸瞬间变得无限宽广，把人间一切世俗的情愫和烦恼看得如此渺小，她的心好像与整个天空、整个宇宙融为了一体。她带着微笑感受着甜甜的未来……

大约两小时左右，飞机飞出了云层，看见了下面的风景。美丽的铜仁凤凰露出了笑脸，好像一幅展开的山水风景画覆盖在整个大地上。

突然，飞机一阵阵地抖动，像旅程劳累了的人在抖身子一样。飞机触着了地面，机舱内传来美妙的声音："飞机已抵达铜仁凤凰机场。"

这时思妤才从睡梦中醒来。她发现她的头枕在 JOE 的左肩上，由于怕把她惊醒，JOE 近两个小时就一个动作，一动未动，右手还支着自己的左臂。思妤看在眼里，内心像蜂蜜罐倒了一样，偷偷地甜蜜着、幸福着。

“你的肩膀麻了吧？”思妤幸福地一笑，从这个笑里，JOE 还读出另外两个字：“心疼”。

“没事的，我很开心，看着你甜甜地睡觉，我跟你一样甜。”JOE 一边带着微笑说着，一边在甩着已经麻木得失去知觉的左臂。

JOE 帮助思妤提着旅行箱，他们三人走出铜仁凤凰机场，来接他们的车已经等候多时，他们上了车，行驶在去往梵净山的路上。

“我是梵净山景区接待处的小周，欢迎你们来贵州梵净山。”

“非常感谢你小周。”JOE 带着微笑说。

“不用客气。我能来接你们，是我的幸运。”

“我们大约多久到梵净山？”思妤问。

“大约一个多小时。从这里到我们铜仁市大约 20 多公里，我们还要再走 50 多公里到江口县，然后从江口到我们梵净山的山门只有 30 公里左右，共有 100 多公里。”小周详细地介绍着。

“你们以前来过梵净山吗？”小周问。

“没有。不过非常向往这里。”JOE 说着。

“思妤，你来过吗？”JOE 转过身问后排的思妤。

“早都想来呢，这次终于有机会了。”思好笑着说。

“梵净山非常美！海拔2494米。原始生态保存完好，联合国把这里接纳为全球‘人与生物圈’一级保护区。是天然的生物基因库；还是‘中国十大避暑名山’。梵净山是弥勒菩萨的道场，是与山西五台山、四川峨眉山、安徽九华山、浙江普陀山齐名的中国第五大佛教名山。”

新智人若婵话音刚落，小周惊讶地说：“这位美女好厉害，比我这个工作人员还了解梵净山，过去来过吧？”

“哦，对了，忘介绍了。她叫若婵，身份特殊不便介绍，过一段时间你会知道她的。她叫思好，是研究生命科学的博士。我是乔治，做投资的。叫我乔好了。”

“认识你们很高兴！我在景区是负责行政的。上面通知今天有重要客人来，所以我来接待你们，一见真的不一般。”

“您就是周主任吧？是您打给我的电话。太感谢您了。”思好微笑着说。

“呵呵！别客气，就叫我小周吧，这会很亲切！”

“周主任，我们今天还要爬山吗？”思好急切地问。

“今天等我们到都封山了，晚上就住在梵净山的山门酒店。我们都安排好了，为了争取时间，明天早餐后，就坐缆车上山。如果爬山，道路崎岖，山高路险，估计需要四五个小时呢。”

思好跟周主任一路聊着梵净山，越聊越兴奋，完全没有疲劳之感。周主任热情地介绍着他心中敬慕的梵净山。大约一小时左右，他们已经到了梵净山风景区了。

“我们走着说着，没感觉就到梵净山风景区了。”周主任说着。

“这里太美了！”思妤兴奋地说着，把车窗打开了。

“空气太新鲜啦！还有花香味道。这是什么花香？”

“这是凤仙花香。”新智人若婵回答。

周主任再次因若婵而惊讶！

思妤深深地吸了一口带有凤仙花香的空气。她快乐无比，心想，这是这几年最奢侈的一次享受！

新智人若婵接着说：“再过半个月左右，梵净山即将迎来新一年的杜鹃花季。从海拔四五百米的山脚，到一千多米的山腰，直至两千四百多米的山顶，漫山遍野的高山杜鹃将分批次开放。满山的花香，沁人心脾，让人流连忘返。”

“若婵说得太对了，也非常精确！”周主任再次赞美着若婵。

“实在太美了！思妤，估计我们这次能赶上杜鹃花开的时候。”JOE 转过身像孩子似的跟思妤说。

“就看我们的工作是否顺利了。”思妤说。

“春天的梵净山，杜鹃花为这里增色不少。一花一世界，一草一天堂。要领略梵天净土之美，还是要从高山杜鹃开始。”周主任补充道。

天色慢慢暗了下来，车顺着山路绕过了一个大弯，驶上宽阔平坦的道路，远处非常壮观的山门上“梵山净土”四个匾额大字映入他们的眼帘。

“瞧，三位，我们到了……”看周主任高兴的样子，仿佛像完成了一项艰巨而伟大的任务。

傍晚的梵净山，夕阳西下，显得格外迷人。

晚霞染红了西面的半个天空，微微地照在梵净山的每一个角落，树木和山峦仿佛穿上了橘红色的外衣，显得更加神秘莫测。

他们简单整理后，周主任要带他们去吃当地最有名气的风味小吃了。

“你们能吃辣的吗？”周主任问。

“我超级爱吃辣！”思妤一听到辣就兴奋起来。

“乔总呢？”

“没问题，就按思妤的口味。”JOE 知道思妤爱吃辣，暗自高兴，因为他也是辣不怕的吃货。嘿嘿，又吃到一起了。

“若婵呢？”周主任问。

“我？”还没等若婵说话，思妤就把话接过去了，“她一般晚上不吃饭。”

“哦，知道了，现在很多美女为了健康和瘦身，过午不食。”周主任表示理解地说着。

“思妤美女，我不是不吃晚饭，而是永远不吃饭。我是人类进化的最高的阶段。”若婵很精准地跟思妤描述着。

周主任听到若婵的回答，整个是丈二和尚摸不着头脑。

“辟谷吗？”周主任惊讶地问。

“是的周主任，我是辟谷。”若婵刚说完，周主任还没有反应过来，他们就已经到了梵净山风景区的特色小吃民俗村了。

贵州的口味是以酸辣为主的，梵净山地区也不例外。这里的风味食品，酸辣鲜美，后劲十足，主要有酸辣角角鱼、江口豆腐干、山野菜、阿婆茶鸡蛋、社饭、酸辣牛肉粉等多种名菜、小吃。

除此之外，还有其他农家菜，如山笋烧五花、农家土腊肉、炒山猪肉、折耳根炒腊肉、小炒豆腐、拌野蕨菜、鸡血豆腐汤，等等。

这家餐馆大约有 2000 平方米左右，典型的苗家风格，总共两层楼，灯火辉煌。餐馆坐落在山脚下，前面有空旷的停车场。餐厅右前方有一个清澈见底的池塘，当地人叫黑龙潭。

“啊，好香啊！”刚一走进小院，餐馆里就飘出香喷喷的味道。思妤高兴地喊着。

JOE 看到心爱的思妤完全变成了可爱的孩子，打心眼里感到高兴。

“今晚就放开吃吧，尽量多吃几个特色菜。”JOE 说着，两眼兴奋地看着前面的各种小吃和菜品。

餐厅热闹非凡，面积虽大，座无虚席。要不是周主任提前预订，这个时间，连空位子都没有。

一进餐厅，思妤就被高高的铜锅吸引。周围大大小小的客人都排着队在那里取菜。一个身穿苗族风格服装的女服务员热情地给客人递菜，旁边两个师傅在切配着，像武功高强的飞刀大侠，时而快速地切着肉和菜，时而刀在空中像飞轮一样旋转，并准确无误地抓住刀把，再次快速切配着。

“那叫什么菜？”思妤好奇地指着大锅问。

“呵呵，那可是我们这里最有名气的高低双卤味。高高的铜锅里是当地特色的卤肉，下面是人人爱吃的卤味阿婆茶鸡蛋。到梵净山的客人没有不点这道菜的。一会儿都会让你们吃到的。”

“太好啦！”思妤高兴得简直想跳起来。

思妤、若婵一走进餐厅，一道靓丽的风景线出现了。

几乎所有的客人都迅速转向她俩的方向，就像军队里的士兵，听到口令似的，整齐划一地转头。他们被这两位犹如天仙下凡的美女深深吸引了。

思妤穿着收腰海军蓝风衣，长发飘逸，脖子上系着红蓝条围巾，系着蝴蝶结。高挺丰满的胸和后翘的臀部更显S型的波浪美。

若婵，首先映入眼帘的是一身洁白素净的衣服，洁白无瑕，像水晶一样纯洁，可爱极了，高高挺立，娇羞欲语，含苞欲放。她经过餐厅时，犹如风姿绰约的荷花仙子，随风摇曳，婀娜多姿，令所有人陶醉。

对JOE而言，这是他最自豪的时刻。“沉鱼落雁”一左一右，大家整齐地回头，像是接受他的检阅一样，士兵们都在给这个大将军行着注目礼。他心中的满足感比吃什么都美……

梵净山的这一夜，让他们终生难忘！

“康博士，GTI 专家怎么说？能提取这个特殊基因吗？”范宇教授问正在一筹莫展的康酷。

“他们的回答是根本没有这种基因，认为我们的仪器出了问题，根本不相信人类存在这种基因。”康酷说着，同时带着近乎绝望的眼神看着范宇教授。

“若婵他们到了吧？”范宇接着问。

“昨天下午到的，他们住在了山门酒店，今天中午前就能到这里了。”

“你们在这儿？正要找你们商量。我昨晚做了认真的研究，对特殊基因有一些新发现。”邵华泽跟康酷、范宇教授说。

“是吗？快讲讲。”康酷急切地说。

“你们跟我来。”

邵华泽三人走到基因成像仪屏幕前：“你们看，根据易脑原理，mRNA（核糖核酸）的密码子 U（尿嘧啶）、C（胞嘧啶）、A（腺嘌呤），G（鸟嘌呤）；他们刚好与《易经》中的‘太阴 U’‘少阳 C’‘少阴 A’‘太阳 G’是对应关系。从若婵父亲的 64 个生命密码分析，作为起始密码，AUG 对应‘风雷益卦’；作为停止密码，UGG 正是隐没无踪的‘天山遁’。”

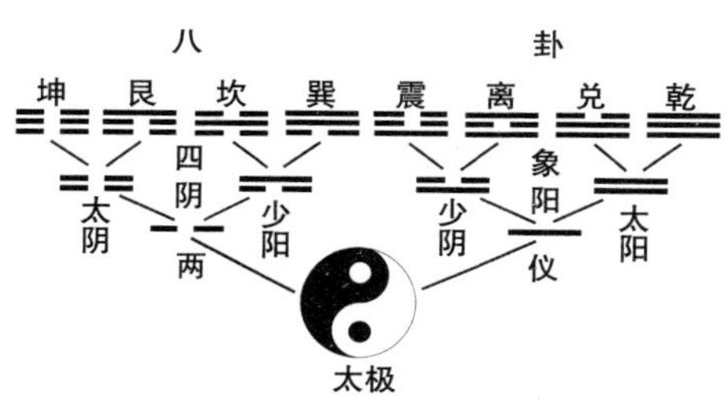

康酷急切地问：“若婵父亲的特殊基因有对应的卦象吗？”

邵华泽说：“我发现，在53卦渐这里，对应的是‘UAG’，刚好这个基因，没有对应的氨基酸，也不翻译蛋白质，它是一种调节基因，属于开关调控系统的基因。就在这里，出现了不是双螺旋结构的特殊基因。我们需要计算出这到底是什么基因图谱。”

康酷急忙插话：“你有计算方法吗？”

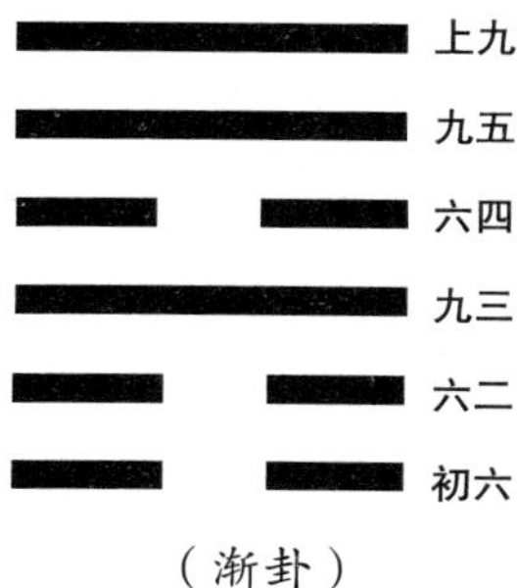

（渐卦）

邵华泽看着康酷，无奈地摇摇头。

康酷已经看到了邵华泽的无奈。对于研究量子基因和人工智能的康酷博士而言，这也是他从未见过的难题。GTI 怎样呢？专家们更是认为，不可思议……

邵华泽把这个严重后果已经告诉了康酷和范宇教授。如果这个特殊基因无法植入若婵的机体，很可能就无法完成若婵的灵魂复活。

时间一天一天地过去，一旦超过 18 个月，一旦错过了若婵的最佳“容管期”，即使以后解决了“特殊基因”的问题，也为时晚矣。

听完邵华泽这番话，刹那间，康酷的全身好像被无形的、巨大的缠绕力紧紧裹住，仿佛一下子被吸到了“黑洞”里，无助而孤独之感在他内心油然而生……

这时，他的电话响了，他勉强挣扎着拿起电话，“喂！思妤，你们在哪儿？”

“我们到了，就在九皇洞。”

“好的，等着，马上去人接你们。”

“詹姆斯总裁！我一直紧跟着 JOE、思妤和新智人若婵，他们走进了梵净山山顶的一片森林里，消失了，像蒸发了一样，无影无踪。我在森林里已经找了几个小时，什么也没找到，很奇怪，明明往里走着，结果又回到了原处。”

原来，圣殿光明会的人一直在跟踪着新智人若婵他们，但这些人在进入实验室前的“八卦阵”里迷失方向了。

“知道了，我们正在遥感定位，继续跟踪监视。”

思好、JOE 和新智人若婵走进华泽实验室。思好一走进实验室就被这里的神秘气息所吸引，仿佛进入多维的宇宙世界，被相互缠绕的超弦吸引着，连接在不同的时空中……

“这是我的助手思好，生物物理学博士。这是我的投资人JOE，华尔街的投资高手。”康酷给邵华泽先生和范宇教授介绍着。

“这就是邵华泽先生，三脑超弦理论的奠基人。这是范宇教授，史前文明专家。”

“这个大家都认识了，新智人若婵。”康酷给他们彼此介绍着。

“大家好，欢迎你们！”邵华泽跟思好和 JOE 一一握手。

到了新智人若婵这里，握着若婵的手，邵华泽的声音提高了几度：

“若婵好！你太精彩啦！”

邵华泽话音刚落，新若婵微笑着说：“邵华泽先生好！您是当代奇才！您的中国智慧让大家望尘莫及！”

新若婵的回答，让大家都笑了起来。瞬间，康酷的心情也好了许多。

“哈哈！若婵智商过人。我要给康酷客团队点赞！这真是人类最伟大的创举之一。我认为这可能是人类 100 年后才会实现的事情，你们今天实现了。真了不起！”邵华泽非常激动地对大家说。

“邵先生，目前的主要难题是什么？最大的障碍是什么？”思好关切地问。

邵华泽沉默了一下，轻轻地说：“特－殊－基－因。”不过，邵华泽对思好印象不错，她刚一到就投入了工作，并且是个非常干练的女孩。

“无法提取特殊基因是什么原因呢？”思好接着问。

“这个‘特殊基因’非常奇怪，不知道是什么基因图谱和碱基对。”邵华泽说着，给思好指着，眼神中似乎带着些许期待。

思好看了特殊基因后，陷入了深深的思考中……

她在心里告诉自己：“这是‘奇怪吸引子’，必须用‘混沌论’来解决。”

这是思好读博士时研究的主要课题。她深知，单靠自己的能力，至少需花费 10 年的时间才能计算出“奇怪吸引子”的化学物理结构。然而，现在有新智人若婵，可能几天就会搞定，可能还会算出它的生物物理结构。

然而，她正面临着人生的重大选择：是帮助解决，还是不帮助？

如果帮助解决，就有可能真的让若婵灵魂复活，虽然人类文明有了巨大的进步，可是自己就彻底得不到康酷了。如果不帮助解决，若婵可能永远都是机器人，自己还有得到康酷的可能……

自己不是已经发誓要得到康酷了吗？不是希望若婵永远就是机器人吗？干吗要帮助解决呢？

刚想到这里，她的心突然像被闪电击中一样，一阵绞痛，心跳节奏也忽然紊乱了起来。她似乎听到来自远方的声音对自己说："你这是科学家精神吗？你这是爱吗？"她猛然抬起头，想看看是谁在说话，可周围没人讲话，但仿佛所有人的眼睛都在死死地盯着她。忽然，远方的这个声音越发清晰了："若婵为了康酷可以义无反顾地献出生命！你思妤能做到吗—能做到吗—能做到吗？……"

此时，思妤像是被这个声音所震撼，一下子把她灵魂深处的阴暗照亮了。一瞬间，像有魔杖般的神奇力量让她做出了大胆的决定，她要开始新的人生……

<二十六>

“亲爱的康酷！关于特殊基因问题，的确是一个新挑战。记住：伟大的创造总不会一帆风顺的。GTI 的基因专家对此也非常好奇。虽然目前还没有更好的解决方案，但希望你不要放弃任何机会，大胆尝试，不怕失败！”科里克教授在电话里跟康酷说。

“我知道了老师！我们绝不会放弃！我们正在寻找其他的方法。”康酷跟科里克教授说着。

“时间很紧，也要做好这次实验失败的心理准备。”科里克教授又补充了几句，显然是非常委婉的提醒。其实，在 GTI 科学家眼里，这次的若婵灵魂复活实验，失败将是必然结果。

“邵华泽先生，刚才我的导师代表 GTI 的科学家们进一步表达了对特殊基因的无奈。下一步我们怎么办？”

康酷放下科里克教授的电话后，立刻跟邵华泽、范宇教授一起商量着下一步的解决方案。

“新智人若婵会弹古琴吗？”邵华泽突然问康酷。

“我不知道。不过她的学习力非常强，很重要吗？”康酷问。

“很重要，康酷博士！她一定要会弹若婵的家传古琴曲‘琴瑟玄音’。”

“还要弹‘琴瑟玄音’？”康酷睁大眼睛疑惑地问。

“灵魂复活期间，她务必弹奏这首曲子，这里有宇宙的奥秘。”

“超弦密码？”JOE 情不自禁地问。邵华泽用神秘的眼神看了 JOE 一眼，没有说话。

“只可意会，不可言传。”范宇教授给 JOE 点化着。

此时此刻，挫折对康酷来说，一波未平，一波又起。“特殊基因”的问题非但没有解决，新的压力又接踵而来。

现在新问题又摆在康酷面前：新智人若婵会弹古琴吗？如果不会，这么短时间能学会吗？还必须弹奏‘琴瑟玄音’？这是高难度乐曲……

“若婵和思妤呢？”康酷问 JOE。

“她带若婵回酒店了。她说这几天她都要跟若婵在一起。”JOE 说。

“她们怎么回去这么早？”

“有事吗？我让她们过来？”

“不用了，晚上回去我找她们。”

梵净山的夜色格外诱人。满天闪烁不定的星星，就像一只只淘气、幼稚，然而又充满神秘、智慧的眼睛，东躲西藏、时隐时现。它们梦幻般的光洒满整个梵净山，让它变得更加奇异，也更加诱发着康酷和他的团队对未知领域的探索欲望。

月亮在山后悄悄地露出了头，像肩负着重托似的正在努力向上。最后，跳出了群山，照亮着天空，把梵净山的夜空照得像无边无际的蓝色海洋。月亮宛如一只银色的小舟在蓝色的大海中航行，好像正在跟康酷招手，邀请康酷客团队到广阔的太空去遨游。

“JOE，跟我一起去见见若婵和思妤吧？”

一说去见思妤，JOE 当然是非常高兴了。自从他们打完高尔夫球后，他每时每刻都在想着思妤，他的整个人似乎只有两件事：一是去投资，二是想思妤。

“砰砰砰”，康酷敲了思妤住的房门。

“谁呀？”

“我和 JOE。”

“你们俩呀，快快请进。”思妤把门打开。

康酷刚一进屋，就被满屋的神秘气氛吸引。床上、桌上、地上，满屋子都是演算的纸张，上面密密麻麻都是一些公式、图表和各种不同的曲线。思妤见康酷、JOE 进来，赶快收拾了一下，还故意把演算的各种公式和数字盖起来。好像写给爱人的情书不想让别人看到似的。

康酷好奇地问：“你俩神神秘秘地在干什么？”

“现在还是保密阶段。”思妤笑着说，还故意带点神秘感。

其实，女人对男人越有神秘感，越容易吸引男人的眼球。

康酷心里嘀咕着：思妤带着新智人若婵到底在干什么？还

神神秘秘？过去她从不跟若婵来往的……。

“你们还跟老板保密？胆子不小呀！”JOE 微笑着对思妤说。

“我想问问若婵，你会弹古琴吗？”康酷对新智人说。

“我没有弹过。不过，古琴非常美妙。古琴是在孔子时期就已盛行的乐器，有文字可考的历史有四千余年。据传古琴是伏羲、帝舜、神农氏发明的。需要我弹吗？我可以马上学习。”

“好的，五天之内，你必须学会古琴，并且学会演奏乐曲‘琴瑟玄音’”

“‘琴瑟玄音’？这是最古老的乐曲，至少一万多年了。”新若婵说。

“你知道这个乐曲？”康酷惊讶地问。这时，在一旁的思妤和 JOE 越发对新智人若婵的智商感到震惊。

“我不仅知道，还知道其中的奥秘……”新若婵回答着康酷。

“其中的奥秘？什么奥秘？”康酷问新若婵。他很想知道乐曲中的奥秘。今天邵华泽跟他说起这首乐曲时的神情，他还记忆犹新。

“现在是保密阶段。”

新若婵话音一落，可把康酷、JOE 逗乐了。

“你俩今天一个鼻孔出气呀，一个是秘密，另一个是保密。好吧，若婵，明天就开始学习古琴，学会那个神奇的乐曲。”康酷说。

“好的，不会让你失望！”新智人若婵说。

<二十七>

五天之后的一个下午，华泽实验室笼罩着紧张的气氛。

“邵先生，关于特殊基因问题，GTI 的所有基因科学家们也都没有什么好办法了。”康酷跟邵华泽说着。

“康博士，我们已经做了最大的努力。”邵华泽说。

“明天中午 11:11 就是若婵的灵魂复活期，你认为有多少把握？”范宇教授急切地问，并带着期待的眼光看着邵华泽。

邵华泽半天没说话，紧锁着眉头，瞥了一眼康酷，康酷的心“咯噔”一下，仿佛一个重物把他的心又撞了一下。

“我们已经万事俱备，只欠东风了。时间到了，我们没有退路。”邵华泽无奈地说着。

“成功的把握有多少？”康酷喃喃地问。

“我已经做了精确的计算，其他工作也都做好了充分准备。若婵的‘琴瑟玄音’也很棒，只差‘特殊基因’问题，至今无法破译。”

邵华泽停顿了一下，接着说：“不过，理论上讲，若婵的灵魂复活是不能有任何差错的，哪怕是纳米级的差错都可能前功尽弃。”

邵华泽说到这里，非常淡定地看着康酷和范宇。

“康博士、范教授，这项工程太具有挑战性，我们既要科学谨慎，也要大胆果断。我们要精心操作，尽量弥补‘特殊基因’的遗漏……”

康酷深知，在科学创新的道路上，失败是必然的，而成功往往是偶然的。只有经历了无数次失败，还不放弃，还不言败，最后才有可能取得成功！

想到这里，他坚定地说：“邵先生，我们明天大胆尝试，就按你的方案进行！”

邵华泽听到康酷的表态，心中仿佛又增添了几分胜算的把握。他从心里佩服康酷的创新和探索精神。

太阳落山了，一层乌云笼罩着整个天空，梵净山像被墨涂染过似的，漆黑一片。深夜，外面突然下起了春雨，轻轻打在康酷房间的窗户上，发出滴滴嗒嗒的声音，仿佛是若婵的古琴声，又仿佛若婵在念：“好雨知时节，当春乃发生。随风潜入夜，润物细无声。”

“这不是杜甫的《春夜喜雨》吗？”

“是的康。我最喜欢夜里的春雨，滴滴嗒嗒的，像少女的手打在树叶般的琴弦上，正在弹奏着美妙的《春江花月夜》……”

若婵触景生情地说：“康，我们就合奏这首《春江花月夜》吧？”

“好呀，我也特别喜欢这首中国名曲。我们来个钢琴、古琴二重奏。若婵边弹边唱：

春江潮水连海平，海上明月共潮生。
滟滟随波千万里，何处春江无月明！
江流宛转绕芳甸，月照花林皆似霰；
空里流霜不觉飞，汀上白沙看不见。
江天一色无纤尘，皎皎空中孤月轮。
江畔何人初见月？江月何年初照人？
人生代代无穷已，江月年年只相似。
不知江月待何人，但见长江送流水。
白云一片去悠悠，青枫浦上不胜愁。
谁家今夜扁舟子？何处相思明月楼？
……

突然，狂风大作，平静清澈的天庭霎时刮起漫无际涯的龙卷风，仿佛狂怒的海啸般向若婵扑去，顷刻间飞沙走石、古琴、若婵被卷到空中……

“康酷！康—酷……”若婵拼命地喊着，伸手去抓康酷。

“若婵！若—婵……”

康酷拼命追着若婵，边追边去抓若婵的手，然而，若婵像断了线的风筝，随风飘摇，越来越远，越来越小，仿佛被吸入有巨大引力的黑洞中……

康酷看着逐渐消失的若婵，绝望地大声喊着“若—婵……”

“康酷！康酷！”JOE听到康酷大声哭喊着若婵的名字，穿着睡衣迅速从里屋跑出来，边叫边推醒康酷。

康酷睁开眼睛，呼吸急促，心跳加快，看着身边的JOE，慢慢平缓下来。此时，他身上苦涩的汗水和泪水把周身全部浸透了。

“对不起！打扰你了！谢谢你！”康酷边说，边擦着眼泪。

“几点了？”康酷问。

“4:17。你再睡会吧，今天咱们还有重要的任务。”JOE安慰着康酷。

“JOE，我很害怕，万一若婵……”康酷喃喃地说着，哽咽了。

“放心吧康！邵华泽已经全部安排好了。”JOE说着，安慰着康酷。也同时在自我安慰，他何尝不怕？！

他多么希望若婵彻底复活，这样也许就能成全两对情侣……

昨夜的春雨像一只温暖的小手，慈母般地抚摸着梵净山上的花花草草。生机勃勃的春意，染绿了大地，杜鹃花也更红了。

春雨让山泉和小溪更快乐起来，它们哗哗地欢唱着，正在叫醒着万物。

康酷早早地起床了，认真洗漱了一番，他想迎接更美好的未来。

他走到窗前，轻轻推开窗户，一阵柔和的春风吹来，像妙曼的若婵柔绵绵地亲吻着他的脸庞。他幸福地深深吸了一口这沁人心脾的春风，唤醒着心灵深处的律动。

慢慢地，太阳透过云霞，露出了早已胀得通红的脸庞，像一个美丽的姑娘望着他。金顶上的佛光时隐时现，照射在蘑菇石的身姿上，给人一种心旷神怡的感觉。

忽然，他听到喜鹊在空中歌唱……仿佛喜鹊声声报喜来。

“不知数春曦，鹊啼醒梦人。”康酷在心里念着。

他向远处眺望，邵华泽正在迎着早晨的万道霞光打着邵氏太极拳，只见那太极拳行云流水，开合有序、轻灵圆活，刚柔相济。

从远处看，他弯曲着双腿，虚实交替，双臂在空中画着八字形的曲线，好像是人体 DNA 双螺旋曲线的外化。

康酷突然领悟到了太极拳的奥秘：阴阳交替，高低相倾，前后相随。太极两仪，四象八卦，天人合一，宇宙大道，这与人体 DNA 双螺旋完全一致。小宇宙与大宇宙高度融合。

大约练了一个时辰，（5 点至 7 点），邵华泽慢慢收了功。康酷轻轻地走到邵华泽身旁。

“你每天都坚持练太极吗？”康酷问。

“是的，这是我们家传的邵氏太极拳。我从 7 岁就跟着爷爷学了。”

邵华泽跟康酷讲起了邵氏太极的奥秘。

“我已经修炼 38 年了，除了太极拳，还要打坐。我是按天人合一的规律修炼的。比如，每天 5 点至 7 点要练。因为这是一天的惊蛰，惊蛰惊蛰，动物就要苏醒了，人也要起床了。我按二十四节气、五运六气的规律来坐禅、吐纳和练太极。”

邵华泽说完，康酷带着羡慕的眼神看着邵华泽，说：“等若婵灵魂复活后，我在梵净山跟你修炼一段时间。并好好研习一下《易经》和你的三脑理论。”

“好呀！我们一起修炼，一起把中国智慧在全球复兴！”邵华泽说。

“这也是我康酷的梦想。我们一起实现梦想！”

邵华泽接着说：“我们任重而道远，所以更要健康第一！”

时间一到 9:18，所有工作人员各就各位，邵华泽把所有环节全部检查完毕。

所有专家和团队成员都做好了一切准备。这似乎是一场惊心动魄的世界赛跑比赛，邵华泽就是发令员，大家都在等着邵华泽的命令，发令枪一响，大家犹如拉了满弓的箭，“嗖”的一声就要飞出去。

康酷的心早已提到嗓子眼了。他和邵华泽操控着易脑总控系统。

思妤操作的系统与易脑相连，同时负责“超弦闭合共振”系统。这是若婵灵魂复活最关键的岗位之一。

若婵双盘状态在实验室中心的梅尔卡巴能量场中（北纬30.33度，东经109.3度），又在四象二十八星宿的最佳夹角中。然而，难度最大的是二十八星宿与四象的夹角随着时间的变化而变化。在若婵灵魂基因植入的那个时刻，必须把角度调到高度精确状态，否则，有纳米级的错误产生，可能就会前功尽弃，功亏一篑。

只要时间一到，新智人若婵就开始弹奏“琴瑟玄音”，达到休曼波“8.33”时——生存与灵魂量子基因共振和缠绕状态。

最佳时辰马上就到：11:11。邵华泽数着：“5—4—3—2—1，启动！”

新智人若婵的“琴瑟玄音”响起，在梅尔卡巴能量场中的“琴瑟玄音”出现了巨大的震波，这震波宛若巨大的能量与二十八星宿自然宇宙能量融到了一起，给若婵的灵魂基因足够的能量。这时，若婵的M型灵魂星光体若隐若现地呈现在二十八星宿的中心。

“看，星光体”，JOE情不自禁地喊了一声。范宇教授“嘘”了一声，做了不让他出声的手势。康酷顺着喊声抬头扫了一眼，心里猛地像触电一样，“啊！这不就是第一天看到的吗？原来她就是……”康酷已经紧张兴奋得像失控了一样。

时间一分一秒地过去，只见康酷额头上豆大的汗珠像山泉一样向外冒着，似乎也要跟着来加油了。

一个小时过去了，M星光体越来越接近新智人若婵，这时“琴瑟玄音”的音乐声也一声高过一声。

“康酷快看，若婵的灵魂基因已植入体内。”邵华泽兴奋地跟康酷说着。

康酷激动万分，从易脑显示仪上看到一个闪光的M型的弦正在与若婵的大脑重合。

12:11，梅尔卡巴超弦能量场达到了最大化。

12:13—12:17—12:19—12:29……

此时，“琴瑟玄音”突然出现了一些噪音，M型弦状星光体闪得厉害，无法稳定。

邵华泽顿时紧张起来，满头豆大的汗珠向外冒。

“出大问题了康酷！”邵华泽紧张地喊着。

此时，康酷的心好像被梵净山全部压住了，紧张得几乎已经无法呼吸了。

邵华泽尝试了所有的方法，不仅没有好转，反而M型星光体晃动得更加厉害。

他无奈地对着康酷说：“如果超过13:00点钟，再无法稳定，我们就彻底失败了。”

此时此刻，紧张的场面达到了极点……仿佛实验室就是一个火药桶，一点就会爆炸，把所有的人和物瞬间化为乌有……

康酷紧张得话都说不出了。

“还有什么办法吗？”范宇教授急切地问邵华泽。

邵华泽无奈地对着范宇教授摇摇头，像打了败仗的将军，面对大家，羞愧而无奈。

就在这时，思妤走到邵华泽和康酷身边说：“这是奇怪吸引子，现在必须输入‘特殊基因’图谱。”

“我们已经用了近乎全部技术手段，仍无法解决。”康酷绝望地说。

“来，我来操作。”思妤走到易脑主机控制台，小心翼翼的在UAG基因里，输入了T-H-R-I-F-T-Y“特殊基因”图谱。

所有人都惊呆了！思妤的镇定就像航船在大海里遇到危机的船长，大家全神贯注地注视着她！

刹那间，易脑显示屏出现了令大家震惊的奇特现象。

屏幕一下子变成了空无状态，接着屏幕上出现一个闪烁着的小亮点，只见这个小亮点逐渐变成一个火红的圆球，并在顺时针旋转，越来越快，越转越大，同时，红球的周围也形成了一个大大的犹如龙卷风似的漩涡，仿佛有一种强大的力量在挤压着这个旋转的球。邵华泽、康酷屏住呼吸，不时地紧锁着眉头，凝神关注着屏幕上的一切变化。

时间已经到了12:50分，所有的人都紧张到近乎窒息！

“罗杰斯蒂映射！这是系统进入混沌状态！”思妤高喊着。

康酷正想问点什么，突然，仪器发出“嘀—嘀—嘀”的声音。

“异常信号！”邵华泽更加紧张起来，还未来得及反应，忽然屏幕上出现一道像闪电般的火光。只见旋转的球和周围漩涡状的云仿佛化为巨大的能量突然出现爆炸状，瞬间，邵华泽、康酷猛地向后一躲。康酷脸色一下变得苍白，犹如一张白纸。他似乎有种彻底绝望的不祥感觉。

接下来，屏幕上忽然出现了让大家匪夷所思的状态……

慢慢地，爆炸后的碎片仿佛空中漂浮的诸星，冷光乍出，粼粼微波，犹如蚕之吐丝，似细腻的、微小的弦正在连接着，慢慢出现了一个时隐时现的图形。奇迹出现了……

“河图洛书？！”邵华泽定神一看。

“你们快看，特殊基因！河图洛书！”邵华泽情不自禁地大声喊着。

这时，“琴瑟玄音”更加美妙，M 型弦状星光体像是找到了自己的精神家园一样，慢慢地平静下来。顷刻间，灵魂基因与生存基因产生强烈的共振。共振的巨大能量让满山的杜鹃花全部开放起来，像一个个美丽少女的笑脸，绽放着人间的真善美……

突然，新智人若婵的音乐停止了。实验室所有的仪器呈现空白状态，所有的机器和人都那么安静，时间、空间仿佛瞬间全部冷冻了一样。

此时，若婵慢慢地睁开了双眼，环顾四周，突然眼睛盯住康酷，他们的眼光碰在一起的刹那间，仿佛产生了巨大的热能，一下子又把冷冻的时空融化，这种能力和激情像永恒之火熊熊燃烧着。

若婵站了起来，两眼充满深情地看着康酷，向他慢慢走来。眼前的一切让康酷完全进入梦幻之中，他像一个巨大的雕塑，一动不动，没有呼吸，没有表情……

若婵突然向康酷猛冲过来，康酷瞬间像被电击醒了一样，猛冲向若婵，两人紧紧拥抱在一起，像强大的引力波，让整个宇宙万物都触动了，他们深深拥抱着，亲吻着，完全沉浸在永恒的爱中……

这场面不仅感动着在场的所有人，而且感动着整个人类，整个宇宙！突然，全场爆发出最强烈的掌声！喊声！为他们的爱鼓掌！为人类文明的飞跃鼓掌！为人类爱的永恒鼓掌！为地球和人类的长生鼓掌！

JOE 激动得热泪盈眶，他拉着思妤的手，似乎把全身的力气一下子都聚到了手上，疼得思妤尖叫了一声。全场所有人都把眼光聚到了思妤和 JOE 身上。

若婵慢慢地走到思妤面前，她俩突然也相拥在一起。似乎有千言万语，瞬间化为感动、感恩和人间的大爱！

“JOE，看你的了！”康酷笑着对 JOE 说，并使了一个眼神。

JOE 马上反应过来，立刻走到思妤面前，突然半跪下，手捧着早已精心准备好的 9 克拉的心锁钻戒，说：“思妤！你是我心中最美的太阳女神！我一定会像康酷爱若婵一样，永远爱你……”

思好含情脉脉地看着傻傻的JOE，把右手交给他。JOE把见证他们真正爱情的钻戒轻轻地、柔柔地戴到思好的无名指上。思好拉着JOE的手站了起来，JOE把她紧紧抱在怀里，拥抱着，亲吻着……

顿时，大家的掌声、笑声一浪高过一浪，似乎梵净山也被震动了，被感动了。

顷刻间，漫天飘舞着杜鹃花，康酷、若婵、JOE、思好，沉浸在花海中，幸福中……

<二十八>

全世界都在为他们庆贺！场面非常热烈！

GTI 首席科学家和创始人科里克宣布：

中国创业团队“康酷客”，在多国科学家的协助下，解决了“灵魂量子信息缠绕”和超玄能量场的世界难题！世界将进入“人类三”和“新智人”时代！

人类不仅实现了“长生不死”，也实现了“死而复生”的伟大梦想！

圣殿光明会的实验室里的实验人员，面对着电视里全球欢呼的场面，愤怒而无奈……

149 个国家的政要和科学家共同成立了“全球人类命运共同体委员会”。

委员会的目标是：保护绿色地球，实现天长地久的“人类命运共同体”！

后　记

AFTERWORD

《康酷客(木)：若婵复活》终于写完了，把书稿交给出版社，全身顿时有如释重负的轻松感。想让自己放下笔好好放松一下，不想再写什么了。前几天接到出版社发来的书稿，让我再检查一下，如果没有问题，就要印刷出版了。我又认认真真地读了一遍，觉得出版社是很了解年轻读者的阅读习惯的，排版很科学，阅读起来很舒服，插图也恰到好处。正准备给出版社回复“没问题”时，突然发现本书还少了很重要的内容——要感恩的人和事!

我深知，人的一生，最可怕的不是学历低、才华少、不富有，而是不懂感恩。

我认为，不懂感恩的人和不忠不孝的人一样，都将一事无成。实在很巧，在写这篇后记时，恰逢感恩节。说句实话，西方人的节日很多，我也记不住，也不十分关注。但其中有两个节日我是最关注的：一个是最爱的节日——就是今天的感恩节，我认为这个节日太好了，正能量满满，它应该是全人类的节日；另一个是最讨厌的节日——就是万圣节(俗称“鬼节”)，我认为这个节日负能量太大。根据信息学原理，带有负能量的信息会导致人的身心不健康。我曾发表过文章，建议人们远离它，特别是少年儿童。

不知不觉又扯远了，书归正传，不谈节日了，来谈谈我想感恩的人和事。

我首先要感谢的人就是欧盟中国经济文化委员会的主席谢建中，他给这个科幻故事提出了很多好的意见。

还要感谢陈依彤女士。她曾在电视台做过编导，非常喜欢茶道、香道、古琴，每天修禅打坐。在她身上看不到现代人身上的浮躁和空虚，她内心非常宁静和富有，她田园般的生活方式给了我很多启发。

记得有一天早上，我把《若婵复活》的故事第一个发给陈依彤女士看，大约不到 100 个字。她说："天哪！这么好的故事，是美国科幻大片吧？上映了吗？我一定要看！"她的一番话，让我惊呆了。我说："这是我早上的构思。"她说："太棒了！一定要写下去，这是非常好的科幻故事。非常正能量，揭示了'爱是人类的永恒'的主题。"于是，我就完成了四千多字的故事梗概。

还要感谢我的老朋友王泽华，他是我非常敬佩的人。他在易经、易脑和智能机器人方面的研究让我十分惊讶。他对这本书的影响非常大，也给我诸多帮助。在我心里，他几乎就是书中的"邵华泽"！

写到这里，我还要感恩另一个对我有影响的人。她是美国 Bictures 公司的合伙人 Xiuli CHEN 女士，她是活跃在美国好莱坞的中国美女。如果没有她的发现和鼓励，也许不会有这本书的出版。

由于工作繁忙，当时我写了四千多字的故事梗概后，就将它封存在电脑里了。一个非常偶然的机会结识了 Xiuli CHEN 女士，我让她看了《若婵复活》的故事梗概后，她兴奋地对我说：

“这个故事太好了，我团队的合伙人对这个故事评价也很高。这是探讨灵魂的科幻故事。这种故事，只有我们中国人才会讲得更好！”听了她的评价，我备受鼓舞。我问她有何建议，她当时给出两点建议：第一，她来帮我找美国团队直接将这个故事孵化为科幻电影剧本，由中美合拍科幻电影；第二，先写成科幻小说，然后再改编为剧本。

我把 Xiuli CHEN 女士的建议告诉了北京汇智光华书刊发行有限公司的总经理郭颖。以前郭总曾出版过我写的《永不言败：我挑战了麦当劳》。我想听听他的意见。他看了故事后说：“最好写成科幻小说，然后再由小说改编成剧本。”我问他至少要写多少字？他说最好五万字以上。听了他的建议，我用两周时间一口气完成了五万多字。郭总看后非常委婉地说：“逻辑性很强，也很有科幻感。不过，需要提高艺术性。”我说：“好的，这只是初稿，我会好好打磨的。”

这时，我想起了我的好兄弟朱永祥，字雪夫。他是中欧特色小城镇发展委员会的执行主任。我看过他写的小说，故事精彩，艺术性强，文字驾驭得非常棒。我把书稿交给他，让他帮忙指导一下。他看后跟我说：“这哪是小说？简直就是博士论文。”听得我哈哈大笑。他接着说：“这个故事太好了，非常感人，逻辑性强，这是很难得的科幻题材。这样吧，我抽空儿帮你处理一小段文字，你再来感觉一下。”

当我看到经他处理的一段文字后，心里着实佩服。实在太精彩了！比如若婵被炸死，原来我只一笔带过，寥寥二十几个字，可在他笔下，洋洋洒洒五百字左右，绘声绘色，场景描写之细腻，让人有身临其境之感，既让人感动，又能吸引读者眼球。我心想：

“噢，我知道怎么写小说了。”

受好兄弟的启发，我一下子找到了艺术灵感。后来的两个月，我几乎不是在写，而是跟书中的每个人生活在一起。特别是到最后写若婵灵魂就要复活的那一章，我被感动得热泪不止，全身犹如触电一般，灵魂受到震撼！脑子好像一片空白，场景、对话、动作根本不受大脑控制，有如神助一般，自然而然地在笔下呈现出来，每个人物都活了起来，我的身心已经完全融入故事之中，忘记了自己在写什么，全身像打满了气，每个细胞都在颤抖，这种感觉，此生唯一。

终于，我心中的若婵复活了！科幻小说《康酷客（木）：若婵复活》完成了！

在我心里，若婵的复活，不仅仅是东西方文明结合的产物，更展示了中华智慧的无限魅力。我深信，中华文化全球复兴的时代到了！

还是那句老话：“人身难得，佛法难闻，中土难生！”

最后我还要感谢：刘少辉、翟建国、刘成、白文林、郭文正、陈向航、陈静、王兴国、王晓磊、蒲晓翔、梵灵羽、祁仟仟，以及汇智光华的全体同仁，他们对本书的出版均给予了很大帮助。

我想，最好的感恩方式就是：不忘初心，牢记使命，永不放弃！

2017 年 11 月 23 日于北京